Best Friends
Forever

M

Papel certificado por el Forest Stewardship Council®

Primera edición: septiembre de 2020

Printed in Spain – Impreso en España

ISBN: 978-84-18038-23-5
Depósito legal: B-7.886-2020

Compuesto en Compaginem Llibres, S. L.

Impreso en Limpergraf
Barberà del Vallès (Barcelona)

GT 3 8 2 3 5

Penguin
Random House
Grupo Editorial

ANA PUNSET

Ilustraciones de Laia Matari

Montena

A
Somos únicas

Si abro los ojos, sabré exactamente dónde estoy, y aun así prefiero mantenerlos cerrados un poco más... Llevo recorriendo este camino seis años, pero este es el primero en que no voy sola, ni estoy sumergida en la música que solía resonar en mis auriculares, ni me siento aislada detrás de la ventanilla que separaba el asiento de Sam, el conductor, del mío. Hoy no llevo auriculares, ni está Sam, y ni siquiera hago mucho caso al móvil, porque últimamente todo lo que sale de él me pone nerviosa (mensajes indeseados, llamadas de mal gusto...).

Hoy solo disfruto de estos últimos minutos de compañía, rodeada por una familia que, aunque no es la mía, **siento que es lo más parecido a una familia que he tenido en mi vida**. Y todo se lo debo a ella, a Julia, mi mejor amiga.

—¿Te has dormido? —me pregunta con una media sonrisa.

—No, solo estoy... ya sabes...

Julia comprende lo que eso significa. En realidad, sabe todo lo que pienso: después de haber estado dos semanas juntas, sin separarnos casi ni para ir al baño, **nuestra amistad ha pasado a un nivel superior y entre nosotras existe una especie de telepatía**. Por eso, incluso sin hablar, sabe que volver al internado me provoca unos nervios hasta ahora desconocidos.

El día de la gala, cuando cogimos el coche para viajar a la casa de su familia, la vi un poco inquieta. Se le notaba porque se excusaba todo el rato con que la casa no era demasiado grande, sino que era más bien justita, para que no me sorprendiera cuando llegara, pero cuando entré y vi el ambiente que allí se respiraba..., me pareció la casa más bonita del mundo. Vivían en un pueblo pequeño del norte, por lo que las temperaturas eran bastante bajas. De hecho, nos cayó un poco de aguanieve durante el camino. Y cuando salimos del coche, conseguí cazar un par de copos al aire.

—**¿Sabes que no hay ninguno igual? Todos los copos de nieve son diferentes, pero todos son mágicos a su manera** —me dijo Julia, y me gustó aquella explicación, porque resultaba que con las personas sucedía lo mismo. Ella y yo no podíamos ser más distintas, y a la vez... no había nada que pudiera separarnos ya, porque nuestra magia nos complementaba a la perfección.

Como no había habido tiempo de preparativos, en cuanto llegamos, Isabel y Vicente me abrieron la cama nido de la habitación de Julia con una sonrisa en la cara y prepararon las mantas y todo lo necesario para que pudiera dormir a gusto.

—Qué alegría tener la casa llena, ¿verdad? —le dijo Isabel a su marido, y este le respondió rodeándola con los brazos y con una sonrisa que yo nunca había visto compartir a mis padres. Probablemente porque Vicente e Isabel sí se querían.

La habitación de Julia era muy distinta a la que yo tenía en mi casa: a pesar del poco espacio, estaba todo

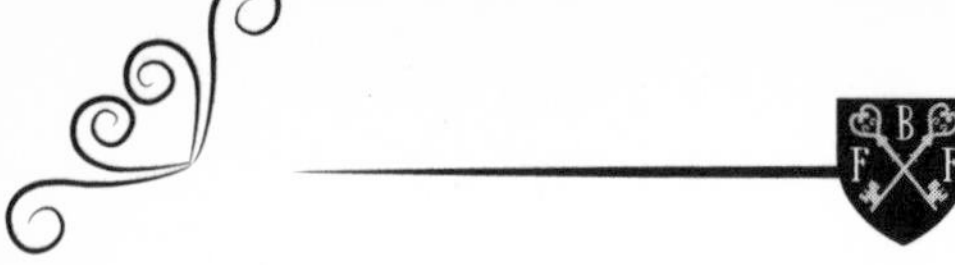

muy ordenado y en las paredes apenas había cosas colgadas, solo un póster de un concierto benéfico y otro que anunciaba unas olimpiadas matemáticas a las que seguramente había ido. Igual que sucedía con la habitación que teníamos en Vistalegre: mi lado era el caos mientras que el suyo reflejaba su personalidad rigurosa.

—¿Te gustan los videojuegos? —me preguntó Nico en cuanto hube deshecho la maleta, sentándose en mi cama. El hermano de Julia llevaba la Nintendo Switch en una mano y, antes de que pudiera responderle, me enseñó la pantalla y cuánto le estaba costando pasar ese nivel. Me pareció hipnótico, tanto que durante estas dos últimas semanas me he viciado a jugar con él y hemos hecho competiciones a diario.

Sí, han sido unas vacaciones de Navidad inolvidables. Y no porque hayamos hecho un viaje extraordinario o recibido una cantidad ingente de regalos..., no, ha sido inolvidable cada momento perfecto que hemos pasado juntos. Y, aunque esos momentos no vayan envueltos con un lazo, he aprendido que son el mejor regalo.

Pero también he recibido algún que otro regalo totalmente inesperado, que me da fuerza mientras el coche se va acercando al internado Vistalegre. Cuando nos levantamos la mañana de Reyes, bajo el árbol había un regalo para mí: una pulsera con un copo de nieve y una chapa con un mensaje: «ALWAYS BE YOURSELF», es decir, sé

siempre tú misma. No es una pulsera Cartier, ni Chanel, pero ya he entendido que eso no importa: **no pienso quitármela nunca, porque me recuerda que debo ser siempre yo misma y no dejarme influir por lo que otras personas intenten hacerme ser**.

Recuerdo perfectamente cuando la vi en esa cajita pequeña con mi nombre en una esquina. No esperaba para nada que hubiera un paquete para mí... Tuve que contener las ganas de llorar, porque nadie me había hecho un regalo tan significativo, igual que nadie me había dicho nunca eso, ni me había hecho sentir de esa manera: que **yo valgo demasiado como para que nadie intente cambiarme**. Como Julia vio que abrir esa cajita me estaba emocionando, quiso quitarle peso al momento dramático y dijo:

—Ponte las botas, nos vamos afuera.

Esa noche había caído una buena nevada, y al despertarnos por la mañana el paisaje del pueblo de Julia estaba cubierto por un manto blanco. Había visto grandes cantidades de nieve otras veces, en Baqueira o en los Alpes, cuando había ido a esquiar con mis padres, pero nunca lo había vivido de esa manera tan poética. **Toda la familia asomada a la ventana disfrutando viendo caer los diminutos copos.**

Así que, cuando Julia me pidió que me pusiera las botas, no dudé un momento, y salimos todos juntos al jardín, con nuestros anoraks y bufandas, porque hacía un frío que pelaba. Julia cogió del garaje un par de trineos y subimos la montañita que había detrás de la casa. Nunca me había montado en un cacharro de esos, por lo que me mostré un poco desconfiada al principio, pero cuando vi las caras de alegría de Julia y de Nico, riendo mientras descendían cada uno subido a su trineo, no me lo pensé más. Cuando me cedieron uno, me lancé pendiente abajo y creo que desde entonces no he parado... Sigo deslizándome por esa montaña sin perderme detalle, con la adrenalina escalando por mis brazos, **con la sensación de estar viviendo lo mejor de mi vida**. Nos pasamos todo el día afuera, porque después de los trineos, llegó el muñeco de nieve. Y cuando Nico salió de la casa con una zanahoria para ponerle en la nariz, no podía parar de reír.

—¿En serio? Pensaba que eso solo pasaba en las películas —les dije.

—Pues aquí debemos de vivir en una película siempre, porque les ponemos hasta nombre... —dijo Julia, y yo no me lo podía creer.

—Álex, elige tú uno para este —me pidió Nico, o más bien me ordenó con esa voz tan exigente que aún no conoce la vergüenza.

Miré a los dos hermanos, que me hacían sentir como una más de la familia, y cuando dije «Señor Zanahoria» los dos estallaron en una inmensa carcajada que duró varios segundos, hasta que la madre de Julia nos llamó adentro para comer todos juntos, como habíamos hecho cada uno de esos días, en una mesa llena de bonitos detalles navideños: un centro de mesa hecho por Isabel con hojas de acebo, un mantel lleno de renos, una vajilla decorada con flores de Pascua... La chimenea encendida solo ayudaba a mantener el calor que allí dentro ya se respiraba gracias a esas personas tan cálidas, cariñosas y buenas que me habían acogido.

El sonido de la radio me trae al presente, al coche de nuevo, al trayecto que estamos recorriendo ahora, todos juntos; y la noticia que dan en ese momento me devuelve a mi verdadera vida, la que nadie me ha regalado, sino la que me ha tocado vivir:

«Todo apunta a que el juicio contra el economista

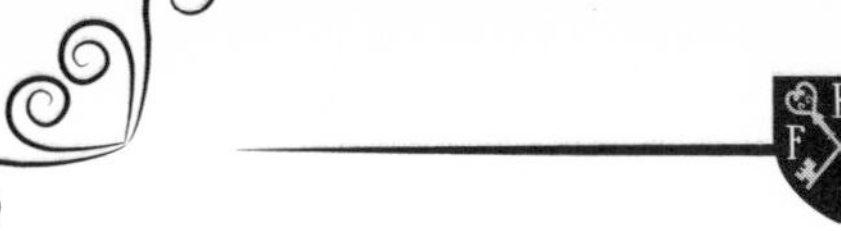

David Solano, acusado de fraude y prevaricación, podría adelantarse y celebrarse en las próximas semanas. Mientras tanto, él sigue en prisión preventiva por riesgo de fuga. Debido a los antecedentes que...»

Aunque el padre de Julia cambia de emisora en cuanto se da cuenta y hace como que no ha oído nada, me da tiempo de recibir una información que me pone los pelos de punta. **¿Adelantar el juicio de mi padre? ¿Por qué?** Para variar, nadie me ha contado nada al respecto, a pesar de que he ido hablando con mi madre durante las Navidades. La directora Carlota, fiel a las reglas de la escuela, la avisó de que me marchaba con Julia y su familia, y ella no puso ningún obstáculo. Así que la fui llamando durante las vacaciones, y ella a mí también alguna vez, para felicitarnos los días especiales, como si fuéramos vecinas en lugar de madre e hija... Julia nota que me pongo nerviosa y que la paz que sentía hace un momento se ha esfumado de un plumazo. Mi amiga coloca su mano sobre la mía. La miro con cara de susto, supongo.

—¿Tu madre no te había dicho nada?

Niego con la cabeza. En cuanto volviera a hablar con ella, probablemente se lo recriminaría.

—Quizá ella tampoco lo sabía, o quizá prefería no preocuparte —dice, intentando quitarle hierro al asunto.

Cuando la miro escéptica, niega con la cabeza dándome la razón.

—Lo siento —se disculpa con una sonrisa triste, y me dan ganas de decirle que ella no tiene la culpa de nada. No está bien que gente buena se disculpe por todo lo malo que hacen los demás.

Y es que por mucho que los padres de Julia se han esforzado acogiéndome en su casa y haciendo lo que estaba en su mano para que yo olvidara mi triste realidad, no siempre ha sido posible. Lo que sucede hoy en el coche no es la primera pista que me llega. Un mediodía, mientras comíamos con las noticias de fondo, de repente salió la foto de mi padre ocupando toda la pantalla del televisor porque el presentador estaba comentando nuevos avances en la investigación. Como hoy, el padre de Julia cogió el mando en un gesto rápido y cambió el canal para que la información dejara de sonar, como si fuese él quien hubiese hecho algo mal.

También entonces me dieron ganas de decirle que quién lo había hecho todo fatal era mi padre, el verdadero, el que estaba entre rejas, en lugar de estar sentado a mi lado celebrando la Navidad conmigo, pero preferí no añadir más dramatismo al tema, así que solo me quedé callada pensando y pensando, pensando en la mala suerte que había tenido naciendo en el seno de una familia a la que yo no le importaba nada.

Que mi padre siga en la cárcel esperando ser juzgado, que mi madre esté en una realidad paralela y diga que todo está bien cuando absolutamente NADA lo

está... me ha complicado la vida bastante, tanto que he tenido que dejar atrás a personas que no querían relacionarse con nada manchado por la palabra «estafa». Y yo lo estaba. No sé qué hubiera hecho si Julia no hubiera estado a mi lado cada segundo, demostrándome que ahora ella es mi hermana, mi familia, y todo lo que necesito para estar bien... **Es probable que me hubiera vuelto loca o algo peor.** Pero la tengo a ella, y procuro centrarme en eso cuando distingo a lo lejos el emblemático edificio del internado Vistalegre, con sus torres y sus vidrieras medievales. Y vuelvo a sentir la necesidad de cerrar los ojos otra vez para resguardarme en la felicidad de estas dos últimas semanas, y mantener así la fuerza que me inspiran.

Tengo que volver a enfrentarme a todas las personas que siguen queriendo hurgar en mi herida y, si había alguna posibilidad de que todo esto cayese en el olvido, las constantes noticias sobre mi padre seguro que no han hecho más que reavivar el odio hacia mí.

Pero yo no soy mi padre y, como dice la pulsera y me recuerda Julia, debo ser yo misma porque, como un copo de nieve, soy única... ¿Conseguiré no olvidarlo esta vez?

Volver a ver el colosal edificio del internado Vistalegre me impacta. Casi había olvidado lo imponente que es, su magnitud, su presencia arrolladora... **Sin embargo, ya no me da miedo.** Hoy me siento muy distinta a cuando lo vi por primera vez en septiembre. Aquel día estaba asustada y nerviosa, mientras que hoy me siento segura y feliz, porque ya sé qué me voy a encontrar cuando atraviese sus puertas, pero sobre todo porque Alejandra está a mi lado, caminando hacia la puerta con su maleta, y sé que va a seguir ahí todos los días de este año, y que ya no voy a estar sola nunca más. Porque estas dos semanas juntas en casa con mi familia han sido... **increíbles, alucinantes, preciosas y emocionantes**. Lo mío son más los números que las palabras, pero creo que con esos cuatro adjetivos resumo perfectamente lo bien que nos lo hemos pasado durante las vacaciones de Navidad. **Es mi mejor amiga, una**

amiga que es en realidad como una hermana, mi otra mitad.

Rodeados de otras familias que se despiden, ya en la puerta del internado, mis padres y mi hermano nos abrazan a las dos por igual, porque creo que a estas alturas ya la consideran parte de la familia, exactamente igual que yo.

—**Cuidaos mucho la una a la otra** —nos dice mi madre mirándonos a las dos con ojos tiernos.

—Eso está hecho —responde Alejandra dándole un beso en la mejilla, pero mi madre no tiene suficiente con ese leve gesto, así que la rodea con los brazos y ella, al principio confusa, acaba dejándose abrazar con expresión agradecida. Creo que nunca ha tenido una despedida así, y se le nota que no sabe muy bien qué hacer.

—¿Puedes respirar? —le pregunto a Alejandra, y mi madre protesta.

—Anda, Julia, no seas mala... No sé cuándo os voy a poder dar otro abrazo así, y tengo que aprovechar bien.

Mi madre se abalanza sobre mí y me dejo achuchar, porque yo también la echaré de menos.

—Deja un poco para los demás —bromea mi padre, y todos nos echamos a reír.

—Yo me libro —dice Nico entre risas.

—De eso nada, ven aquí —asegura mi madre antes

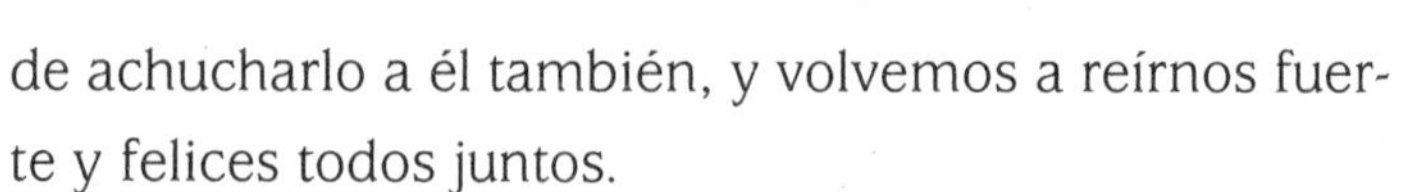

de achucharlo a él también, y volvemos a reírnos fuerte y felices todos juntos.

Cuando vemos que las demás familias empiezan ya a despedirse, Álex y yo cogemos nuestras maletas. Es hora de decir adiós.

—**¿Estás preparada?** —me pregunta mi padre acariciándome la cabeza como siempre ha hecho, desde que era una niña, y mirándome directamente a los ojos para asegurarse de que no hay resquicios de duda en mi respuesta.

Antes de responder, mis ojos se desvían un instante hacia Álex, que ahora está despidiéndose de mi hermano, agachada a su altura y prometiéndole que hablará con él cada vez que yo llame a casa para que le cuente sus logros en los videojuegos. Entonces oigo que él le susurra que sin ella no será lo mismo, y se me pone la piel de gallina. Sé que estaré bien con ella, y que estoy preparada para seguir mis estudios en este exclusivo internado y aprovechar esta oportunidad única que se me ha brindado.

—**Sí** —digo segura con un gran asentimiento de cabeza, y mi padre sonríe satisfecho al ver que esta vez no hay miedo en mi respuesta, solo certeza.

Cuando acabamos de repartir besos y abrazos, mi familia se aleja hacia el coche, y Álex y yo nos damos la vuelta para entrar en el que será nuestro hogar durante los próximos meses. Antes de hacerlo vemos llegar un coche oscuro y a una chica que baja dando un portazo. El conductor le saca todas las maletas del maletero, tres de buen tamaño, para dejarlas en la puerta del edificio y se despide de ella con un gesto lejano de la mano antes de arrancar y desaparecer por el camino de tierra, sin ni siquiera esperar a que ella entre. Al vernos, Irene entorna los ojos y coge sus maletas, ignorándonos completamente, lo cual nos parece bien. Porque después de que la que fuera la mejor amiga de Alejandra la dejara tirada por lo de su padre, no se merece ni que le demos la hora.

—Me da incluso un poco de pena —reflexiona Álex en voz alta.

—¿Pena? ¿Por qué? —le pregunto sorprendida.

—**Porque hasta hace cuatro meses mis despedidas y mi vida eran así. Y me parece muy triste.**

Atrapo el hombro de mi amiga y lo atraigo hacia mí como puedo, porque me saca como dos cabezas.

—**Ahora es mejor, ¿no?** —digo muy cerca de su nariz—. Si me dices que no, te tengo muy a tiro para vengarme...

Álex se ríe antes de responder.

—Bah, podría aplastarte con un solo dedo —responde, mostrándome su dedo índice, con el que empieza a hacerme cosquillas, y nos reímos con ganas antes de reiniciar el paso en dirección al edificio—. Pero sí, **ahora mi vida es infinitamente mejor**. Gracias. —En su tono hay una gravedad que a mí no se me escapa, eso y que se toca la pulsera...

—¿El qué es mejor? ¡Espero que los menús! Estoy harta de tanta comida ecosana... ¿Qué pasa con una buena hamburguesa? —La voz que nos interrumpe es la de María, nuestra profe de mates, que lleva a su perrito Pancho al lado. Lleva un vestido ajustado de color gris hasta los tobillos, unas botas y un abrigo de lana. Me encanta su estilo, será porque yo no tengo ninguno en concreto, y también porque es la profe más amable que he tenido nunca.

La saludamos contentas con un fuerte abrazo y después dejamos que Pancho nos lama las manos mientras le acariciamos la barriga y el cuello, donde más le gusta.

—Veo que las vacaciones os han sentado de maravilla. Ahora retomaréis con fuerza el curso. Y quien dice el curso, dice mi clase...

—Yo no diría tanto... —suelta Álex, y nos reímos, porque las mates digamos que no son lo suyo... para nada.

—Bueno, os dejo instalaros. Nos vemos mañana. ¡No faltéis! —bromea María, y volvemos a reírnos las tres antes de despedirnos de ella y entrar en el edificio.

La marea de estudiantes llena el recibidor del castillo, donde un puñado de gobernantes ha cortado el acceso a las habitaciones. Miro a Álex sin entender qué pasa y me coge de la mano para pasar entre toda esa gente apiñada y pedir explicaciones.

—¿Por qué no podemos ir a las habitaciones? —pregunta a una gobernanta que no habla con nadie en ese momento.

—Tenéis que ir todos primero al auditorio y allí se os explicarán las novedades.

—¿Ahora? ¿Con la maleta y todo? —pregunto un poco escandalizada.

—Eso es.

Tras responder, la gobernanta vuelve la cabeza en otra dirección, donde otro alumno le está haciendo la

misma pregunta. Parece que nadie esperaba este cambio de planes y nadie sabe muy bien qué hacer, pero Álex, decidida, no me suelta la mano y va abriéndose paso entre la gente en dirección al auditorio mientras procuramos no pisarle los pies a nadie con las ruedas de las maletas.

Una vez en la espaciosa sala, el agobio disminuye y podemos respirar mejor. Nos sentamos en una fila que está medio vacía y esperamos a que se vaya llenando con todos los alumnos.

—**A ver con qué nos sorprende Carlota** —dice Alejandra algo nerviosa.

—¿Esto había pasado antes? —le pregunto, porque ella tiene bastante más experiencia que yo en este colegio.

—Ha pasado de todo... Cuando a Carlota se le va la olla, **todo es posible** —suelta.

Enseguida oímos una voz a través de los altavoces que pide silencio.

La directora Carlota no tarda en subir al escenario con un micrófono en una mano y la otra levantada, pidiéndonos a todos que nos tranquilicemos.

—Id tomando asiento, que enseguida comenzamos —dice.

Miro a mi alrededor y veo a Irene, Leyre y Norah lo suficientemente lejos, lo que me da tranquilidad. Parece que definitivamente van a dejarnos en paz este tri-

mestre. También distingo a Adrián en otra fila, pero él no me ve. Y menos mal, porque noto que me suben los colores en cuanto muestra su dulce sonrisa mientras habla con sus amigos, Matías y Sergio.

—Bienvenidos a todos —empieza a decir Carlota ahora que toda la sala está ocupada por el alumnado recién llegado—. Sé que os estáis preguntando por qué os hemos traído aquí, pero es por un buen motivo. Veréis, siempre velando por los intereses de los alumnos y alumnas de este exclusivo internado, **nos hemos propuesto hacer algunos cambios tras las vacaciones**.

Tras ese anuncio, el murmullo empieza a crecer y la directora tiene que contenerlo.

—Chisss... Por favor, dejadme continuar.

Hasta que no se oye ni una mosca, Carlota no continúa.

—**Veréis, muchos de vosotros estáis a punto de descubrir que os han cambiado de habitación y de clase...**

Me quedo bloqueada. ¿De qué está hablando esta mujer? El murmullo empieza a crecer de nuevo e, inevitablemente, mi mano coge la de Álex buscando su auxilio.

—Tranquila, no han cambiado a todos... Solo a algunos —intenta tranquilizarme mi amiga.

Estoy a punto de ponerme de pie para hacer callar a todos y que Carlota pueda continuar su discurso para así conocer mi destino.

—Durante el trimestre pasado hubo algunos incidentes y creo que había que replantearse ciertas decisiones, por lo que espero haber acertado en esta ocasión. La gobernanta Natalia irá anunciando los nombres de los afectados, que tendrán que acercarse para recoger un sobre con su nueva habitación y clase. Quiero que sepáis que no hay posibilidad de dar marcha atrás, por muchas quejas que interpongáis, así que ya podéis ahorrároslas. **Nadie cambiará de habitación ni de clase, ¿de acuerdo?**

Ante el silencio de los presentes, Carlota da por terminada su explicación. Entonces sube la gobernanta al escenario y le toma el relevo. Sin presentaciones previas, comienza a leer el papel que tiene en la mano. Yo noto que estoy dejando sin circulación a Álex, que me cambia la mano, pero no puedo evitarlo... Estoy nerviosa a rabiar.

—Sonia Rodríguez, Pedro Aizpurua, Laia Montseny...

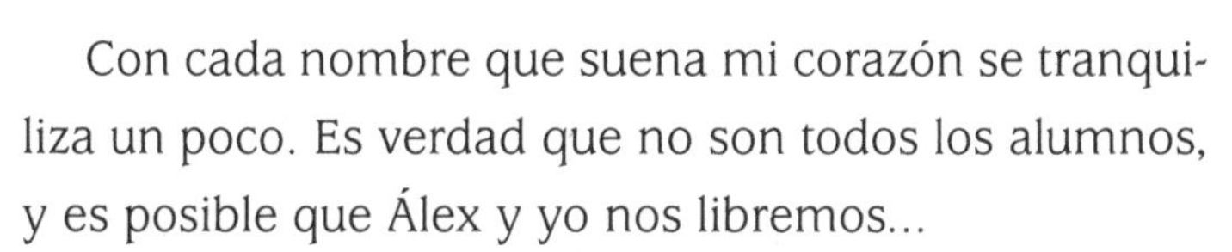

Con cada nombre que suena mi corazón se tranquiliza un poco. Es verdad que no son todos los alumnos, y es posible que Álex y yo nos libremos...

—Maya Salinas, David Torroba...

Mis ojos se dirigen a los alumnos que acaba de nombrar y veo que se encogen de hombros, resignados. Todos aceptan la decisión de Carlota sin mayores réplicas, acostumbrados a su manera de dirigir este lugar.

—Julia Fuentes.

Me quedo paralizada al principio. Después miro a Álex, para confirmar que lo he oído bien. Mi amiga me mira con los ojos abiertos como platos y me acaricia la mano que le tenía cogida.

—Mierda, al final nos ha tocado...

—No, no, no...

Y dejo de escuchar los demás nombres, porque de los dos que me importaban ha anunciado uno, el mío. Niego con la cabeza mientras me tapo la cara con las manos. Esto es lo peor que me podía pasar. Con lo bien que había empezado el día... Entonces oigo unas risas a mi espalda y no me hace falta volverme para saber que proceden de Irene.

—Ignórala. **Esto no cambia nada** —me dice Alejandra, y yo intento escucharla, aunque se me ha hecho añicos el corazón.

—¿Tú crees? —le pregunto, muy dudosa.

Ella me coge la cara con las manos y me mira muy segura. Ya no está preocupada, no está sorprendida; está tranquila.

—Estoy segurísima. **Eres mi mejor amiga y yo la tuya, y aunque no vayamos a la misma clase ni durmamos en la misma habitación, seguiremos siéndolo.** Pasaremos el resto del tiempo juntas, y lo compartiremos todo, como hasta ahora.

Empiezo a asentir algo más tranquila. Si ella lo ve así, quizá sea posible.

—Ahora id recogiendo todos vuestros sobres, por favor —pide la gobernanta desde el escenario cuando acaba de anunciar nombres, y los alumnos que ha nombrado nos acercamos a ella obedientemente para conocer nuestro nuevo destino.

Con el sobre en la mano, regreso al lado de Álex, que busca animarme por todos los medios mientras nos levantamos y nos dirigimos al ala de los dormitorios. Ahora tengo el número 43, muy lejos del suyo, pero ella intenta darle la vuelta, como tantas otras veces ha hecho desde que la conozco.

—Ahora tendremos dos sitios donde escondernos, no está tan mal, ¿no?

Yo sonrío, porque trato de verlo como ella, aunque me está costando un poco. Primero nos dirigimos a su habitación, la que compartía conmigo hasta hace unos minutos, para que yo pueda recoger todo lo que tengo allí. Mientras meto en la maleta los libros, las fotos de mi familia y las pocas cosas que dejé aquí antes de Navidad, siento que estoy perdiendo algo... Y la sensación no mejora cuando llego a mi nueva habitación. A pesar de que es exactamente igual que la otra, me resulta mucho más fría y extraña, como que no me pertenece...

—**En cuanto coloques todas tus cosas mejorará** —me dice Álex, cogida de mi mano, pues debe de percibirlo igual que yo.

Me ha acompañado hasta la puerta para asegurarse de que no me perdía por el laberinto de pasillos, pero se marcha para deshacer la maleta y me cuesta soltarle la mano. Nunca había estado así de unida a alguien, nunca había sentido la necesidad imperiosa de contar absolutamente todo a una amiga y escuchar su respuesta antes que nada ni nadie, de verla al despertar con las sábanas pegadas a la cara y darle las buenas noches antes de dormir, de compartir un silencio lleno de sinfonía... y la posibilidad de perderlo, de no compartir con ella todo el día, me abruma demasiado. Aun así, le suelto la mano porque es lo que tengo que hacer.

—En media horita vengo a buscarte para bajar a cenar, ¿vale? —me dice cogiéndome del brazo para que la escuche bien, porque yo todavía tengo la cabeza como perdida en mil dudas.

Cuando asiento, mi amiga se marcha y yo me quedo sola en mi nueva habitación. Me obligo a hacer caso a Álex, y me dispongo a colocar todas mis cosas y dar así un poco de color a este espacio tan aséptico. No recuerdo bien cómo vi mi otra habitación cuando llegué aquí en septiembre, pero no me parece que la percibiera tan fría como esta... **El motivo, que no está Álex en ella.** Sonrío al recordar nuestro primer encuentro, pero entonces no me reía para nada... Me pareció la tía más borde del planeta, pero resultó que escondía mucho más de lo que mostraba.

Miro las dos camas y me pregunto quién ocupará la otra. Decido elegir una, pues en septiembre no tuve oportunidad de hacerlo, Álex me adjudicó la que ella no quería y yo lo acepté porque me daba igual, así soy yo. De hecho, ahora me quedo con el mismo lado, para que no tenga que cambiar también eso; aunque parezca una tontería, son demasiadas cosas. Y es que empezar de cero con otra compañera de habitación se me hace un mundo... ¿Cómo será? Ojalá no me lo ponga demasiado difícil... Agradezco que no haya llegado todavía para poder hacerme a la idea yo sola primero.

No tardo mucho en colocar mis cosas: los libros y las fotos de mi familia, además del uniforme y la poca ropa que tengo, y estoy metiendo los últimos calcetines en el cajón cuando alguien llama a la puerta. Al abrirla, me encuentro con Álex de nuevo, lo que se me hace raro... En nuestra habitación entrábamos sin pedir permiso, y es extraño que aquí lo haga. **Otro cambio...**

—¿Nos vamos al comedor? —me pregunta. Parece bastante menos afectada que yo por todo esto, aunque también es cierto que ella sabe ocultar muy bien sus sentimientos, y pocas veces muestra lo que en realidad está sintiendo. Ahora lo sé, pero me costó averiguarlo.

Cierro la puerta a mis espaldas y juntas bajamos las

escaleras hasta el comedor, donde la cola no es demasiado larga y podemos coger las bandejas muy rápidamente.

—Mira, allí están Adrián, Sergio y Matías. ¿Nos sentamos con ellos?

Miro a Álex en respuesta y se me escapa una sonrisa, y ella me la devuelve. Complicidad. Por fin un poco de normalidad entre tanto cambio...

—Vale —respondo al fin mientras noto que las mejillas se me están encendiendo, y, por lo que parece, Álex también se da cuenta.

—Si te pregunta por tu color de piel, le decimos que hemos tomado mucho el sol —bromea Álex, y yo le doy un codazo y me río.

—Cállate, graciosa.

Con las bandejas llenas de arroz a banda con sepia y de la tortilla de patatas más tierna que he visto nunca, nos dirigimos hacia la mesa que ocupan los chicos. Al vernos desde lejos nos saludan contentos con la mano, y Adrián incluso se levanta de su silla como si un resorte oculto le hubiera impulsado a hacerlo.

—**Hola** —me dice mirándome fijamente con sus ojos verde botella. Siento como si me atravesaran, por lo que tengo que acabar desviando la mirada hacia la mesa mientras tomo asiento frente a él. Álex se coloca a mi lado.

—**¿Cómo han ido las vacaciones?** —pregunta Sergio colocándose bien las gafas.

Mientras unos y otros hablan de todo lo que han hecho, yo no puedo dejar de mirar de reojo, con mucho disimulo, al chico que me tiene bastante loca, tanto que, como sé que ahora mismo soy incapaz de hablar sin parecer tonta, decido mantenerme callada por el momento.

La última vez que vi a Adrián fue la noche de la gala, cuando bailamos juntos y nos despedimos con aquella caricia que **todavía me hace temblar cuando la recuerdo**. Aquella noche nos acercamos mucho el uno al otro, y ahora... Ahora no sé cómo gestionar lo que viene después. **Porque ya no puedo verlo como un simple amigo, cada vez que lo miro, vuelvo a sentir su caricia una y otra vez, y me da vergüenza que se dé cuenta**..., y es que no

he dejado de pensar en él en todas las vacaciones. **Nunca antes había sentido nada parecido hacia ningún chico.** Álex lo sabe, porque he sido bastante pesada hablando de él y preguntándole si creía que él sentía lo mismo que yo. Por eso seguramente me da una patada por debajo de la mesa, para que me anime a decirle alguna cosa de una vez. Carraspeo buscando algo de voz e intento disimular mis nervios.

—¿Y tú, Adrián? ¿Has estado en casa con tu familia o habéis hecho algún viaje? —le pregunto ante la insistencia de mi amiga.

—En casa, nos gusta quedarnos en casa en Navidad todos juntos. Cada día hacemos algo divertido para aprovechar bien el tiempo. Como me paso todo el año fuera... —dice con un deje triste, y me parece el ser más tierno del planeta, tanto que siento el impulso de abrazarlo, pero tengo que contenerme.

—Te entiendo perfectamente. A mí me pasa igual —respondo, y tengo la sensación de que ya me cuesta un poco menos seguir una conversación.

Adrián me sonríe con los ojos, y con la boca, y con toda la cara, y así pasamos el resto de la cena charlando de estos días separados y de lo que nos espera este trimestre. **Cuanto más habla, más me gusta lo que oigo y lo que veo. Tendré que esperar a ver si a él le pasa algo parecido conmigo...**

Nos despedimos cuando ya se hace tarde y cada

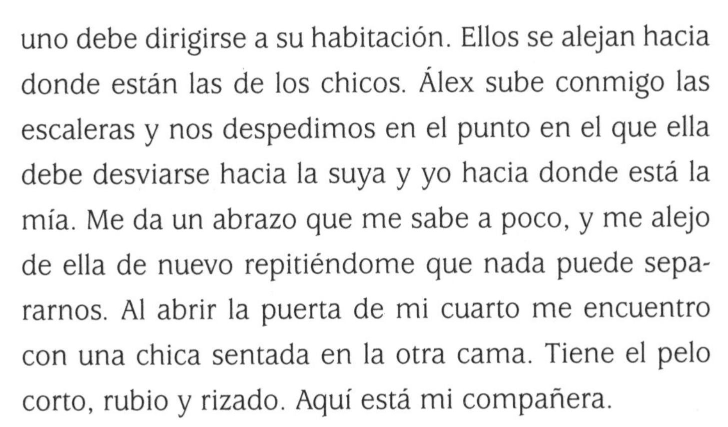

uno debe dirigirse a su habitación. Ellos se alejan hacia donde están las de los chicos. Álex sube conmigo las escaleras y nos despedimos en el punto en el que ella debe desviarse hacia la suya y yo hacia donde está la mía. Me da un abrazo que me sabe a poco, y me alejo de ella de nuevo repitiéndome que nada puede separarnos. Al abrir la puerta de mi cuarto me encuentro con una chica sentada en la otra cama. Tiene el pelo corto, rubio y rizado. Aquí está mi compañera.

—**Hola** —la saludo en cuanto cierro la puerta a mi espalda.

—¡Hola! —exclama la chica poniéndose de pie, con una sonrisa de oreja a oreja.

—Me llamo Julia, encantada —le digo acercándome a ella y dándole dos besos en las mejillas. Me doy cuenta de que sus ojos son tan verdes como los míos.

—**Yo soy Chloé, tu nueva compañera** —me responde contenta con la noticia, o eso me parece a mí.

—¿Eres nueva? —le pregunto, porque no me suena haberla visto por el colegio.

—No, qué va. ¿Y tú?

—Este es mi primer curso.

Asiento y ella también. Parece una chica simpática, al menos. Me siento en mi cama mientras me quito los zapatos, dispuesta a ponerme el pijama y meterme debajo de las mantas. Ha sido un día largo y lleno de emociones intensas, estoy agotada. Pero Chloé se sienta a

mi lado, en mi cama, y no parece muy dispuesta a acostarse todavía, porque empieza a hacerme preguntas.

—¿En qué clase te han puesto?

—Antes iba a primero A, pero ahora me han cambiado también, al C...

No he acabado de hablar, que ya me interrumpe.

—¡Como a mí! ¿Y qué clases te gustan más?

Parece que tiene todo un cuestionario memorizado.

—Matemáticas, sin duda.

—¡A mí también!

Me sorprende su entusiasmo, pero me alegra que por lo menos alguien esté contento con el cambio de habitación y de clase.

—¿Y la que menos?

—Mmm... Diría que equitación.

—¡Qué bueno! Me pasa igual... Yo y los caballos... —Chloé hace un gesto con la boca que me hace gracia, y nos reímos juntas—. **Parece que han elegido bien a las compañeras de habitación esta vez...** —dice.

Sonrío con poco entusiasmo, porque, aunque tiene razón, preferiría que no me hubieran cambiado de habitación y de clase.

Me pongo de pie y cojo el pijama para meterme en el baño para cambiarme. Cuando salgo, Chloé está de pie delante de las fotos que he colocado en la estantería cuando he llegado esta tarde.

—¿Es tu familia?

—Sí.

—¿La echas de menos?

—Mucho, sí.

—¿Solo tienes un hermano?

—Sí. Se llama Nico y es un flipado de los videojuegos.

—Los hermanos molan.

—¿Tú tienes alguno?

—No, pero me gustaría... —dice con la mirada perdida—. Aunque creo que las buenas amigas pueden convertirse en hermanas también.

—**Verdad total** —le confirmo con una mirada algo triste, y Chloé se da cuenta.

—¿Tienes una amiga a la que echas de menos? —me pregunta de sopetón.

—Sí, bueno... Era mi compañera de habitación, **Alejandra, o Álex, como quiere que la llamen**.

—¡Aaah! ¿Tu mejor amiga era tu compañera de cuarto? Eso es lo mejor, todo el día juntas... —dice con ojos chispeantes.

—Sí, hasta ahora..., que nos han separado, y bueno..., nos veremos menos.

—Ya, ya, es una faena... Pero seguro que vuestra amistad es más fuerte que todo eso.

—Sí, yo creo que sí —digo, dejando en el aire una leve duda que no creo que le pase desapercibida, a pesar de que enseguida me arrepiento de hacerla visible, porque confío en Álex por encima de todo y sé que entre nosotras todo permanecerá igual.

—¿Y Álex también es buena en matemáticas? —me pregunta Chloé, rompiendo el silencio.

—Para nada. —Se me escapa una sonrisa al pensar en ello—. Pero es muy buena con los caballos.

—¡Lo contrario que tú! Pues sí que sois distintas —responde haciendo grandes asentimientos de la cabeza.

—Sí, en algunas cosas sí, pero en otras no...

—¿Cómo en qué? —pregunta entrecerrando los ojos, curiosa.

—Pues... —Me quedo un rato pensando qué cosas tenemos Álex y yo en común, y así, de buenas a pri-

meras, no me viene ninguna a la cabeza, pero al final suelto lo que siento por mi mejor amiga tal cual—. Hablamos mucho de todo, nos divertimos con cualquier cosa, nos entendemos siempre y nos basta mirarnos para saber lo que quiere la otra —concluyo, satisfecha con mi explicación, porque aunque Álex y yo somos muy diferentes, tal como dice Chloé, nos acoplamos perfectamente, como si yo tuviera los huecos donde ella los rellena, como dos piezas de un puzle que encajan a la perfección.

—Qué bien... **Álex debe de ser muy divertida.**

—Lo es.

—Creo que la he visto por ahí. **También es muy guapa.**

—Sí que lo es.

—**Su padre está metido en algún lío con la justicia, ¿verdad?** —me pregunta, y siento como si alguien me hubiera dado una descarga con una táser. No me gusta el cariz que está tomando la conversación y Chloé debe de haberlo notado, porque enseguida rectifica con el gesto preocupado—. Perdona, no quería husmear. Solo había oído algo.

—Ya —respondo tajante.

—No volveré a preguntarte sobre el tema, perdona. Nadie se merece que lo juzguen por lo que hacen los demás.

La miro y me doy cuenta de que quizá estoy exagerando. Solo me ha hecho una pregunta...

—Sí, yo opino lo mismo —digo más suave, dirigiéndole una sonrisa conciliadora que recibe agradecida.

Entonces aprovecho el silencio que se instaura para terminar con el intenso interrogatorio, porque me siento bastante agotada e incapaz de responder más preguntas.

—Bueno, estoy muy cansada. Creo que me voy a dormir ya. Ha sido un día largo.

—Sí, sí, claro; yo igual. Estoy muerta. ¡Buenas noches, Julia!

—Buenas noches, Chloé.

Cierro los ojos mientras busco una postura cómoda para dormir en mi nueva habitación. La pared queda a mi espalda, como antes, pero el colchón es distinto, parece más duro. Doy varias vueltas tratando de encontrar la posición adecuada, y cuando mi compañera se levanta para ir al baño y miro la hora que es, me doy cuenta de que llevo más de una hora despierta. Sí, estoy inquieta, cómo no. Mañana empiezan las clases, con gente nueva otra vez, y siento que es como si volviese a comenzar de nuevo.

Este trimestre está lleno de cambios, pero ¿serán cambios a mejor?

Silencio y soledad… Eso es lo que encuentro cuando me despierto en mi habitación vacía. La cama que tengo al lado está perfectamente hecha y mi compañera ya se ha marchado. Me tomo mi tiempo para vestirme y recoger un poco el cuarto. **No tengo ganas de enfrentarme a lo de fuera**, a los chismes sobre la hija del delincuente, a los cuchicheos, a las miradas lapidarias, pero sé que puedo, y así me lo repito frente al espejo, con el uniforme ya puesto.

Cuando ya estoy preparada para este primer día y me dirijo a la puerta para salir al pasillo, me encuentro un papel en el suelo doblado con el nombre «Alejandra» escrito en la parte visible. Parece una hoja cuadriculada de libreta. Al desdoblarla, un escalofrío me recorre el cuerpo. Hay una única frase escrita con tinta de color verde: **«Eres hija de tu padre. No lo olvides»**.

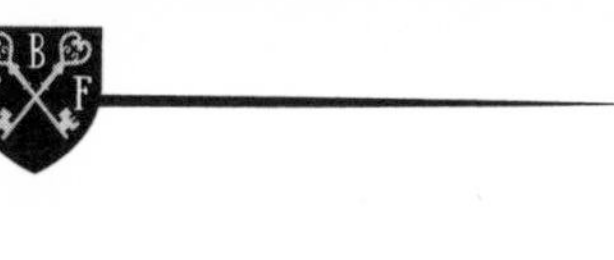

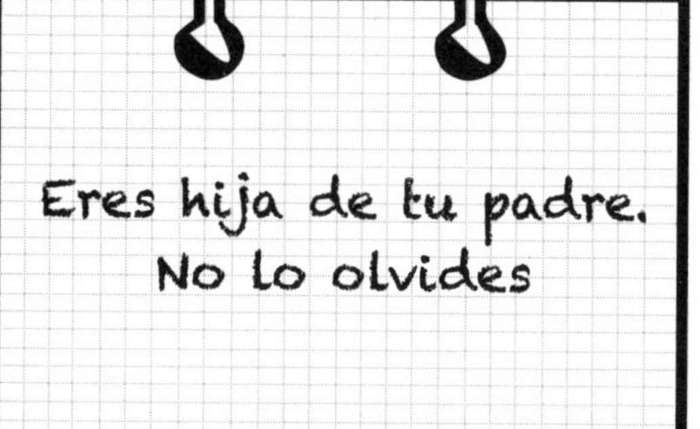

Empiezan a temblarme las manos de la impresión. Sabía que la gente no se habría olvidado del asunto de mi padre, pero de ahí a recibir una especie de amenaza... Se me repiten las palabras una y otra vez: «hija de tu padre», como si fuera una maldición de la que no podré desprenderme nunca. De manera inconsciente, mi mano toca el copo de nieve de la pulsera que me regaló Julia tratando de tranquilizarme, buscando una seguridad que me escasea en este momento. No sé por qué, en lugar de romperla, me guardo la nota en la mochila antes de salir de la habitación. **Me digo que yo soy yo, que no soy mi padre, ni soy sus errores, por mucho que esa nota me diga lo contrario.** Y aunque me repito esa máxima mientras recorro el pasillo, hay algo dentro de mí que no me deja respirar con fluidez.

Cuando recojo a Julia en su habitación, procuro disimular mi malestar y le hablo de cualquier cosa, menos de la nota. No sé por qué, pero decido no contárselo, al

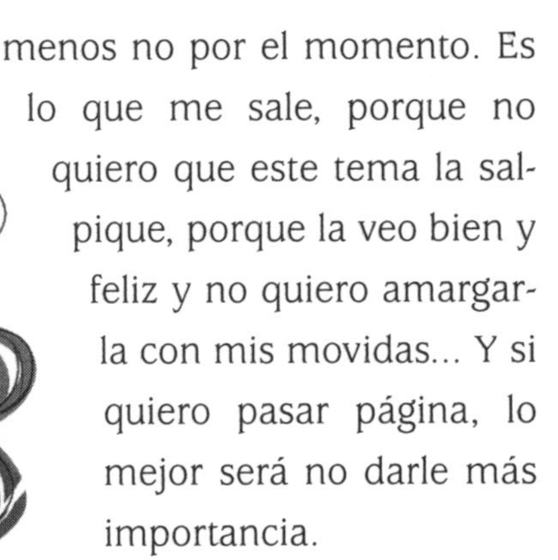

menos no por el momento. Es lo que me sale, porque no quiero que este tema la salpique, porque la veo bien y feliz y no quiero amargarla con mis movidas... Y si quiero pasar página, lo mejor será no darle más importancia.

—¿No sabes ni cómo se llama tu compañera de habitación? —me pregunta sorprendida cuando le digo que anoche ya roncaba cuando llegué y que esta mañana ya se había marchado cuando me he levantado.

—Pues no. Solo sé que tenemos los horarios cambiados.

—Vaya, qué distinta de la mía —me responde, y noto un pinchazo en la tripa.

—¿A qué te refieres? —pregunto.

—Pues que la mía ya se sabe mi vida de cabo a rabo. **No dejó de hacerme preguntas desde que entré por**

la puerta, y da la sensación de que tenemos bastantes cosas en común.

Julia me habla como si nada, pero yo noto algo parecido a los... ¿celos? No puedo evitar una respuesta algo tirante, se me escapa, yo soy así, impulsiva.

—Qué bien, al fin alguien como tú.

Cuando Julia me mira con el ceño fruncido, intento quitarle gravedad a mi respuesta.

—Me refiero a que así seguro que os lleváis bien.

—Supongo, ya veremos —me suelta con total transparencia, como es Julia.

Y como me parece ridículo enfadarme con mi mejor amiga por algo que se nos escapa, que nos hayan separado así brutalmente, **decido aparcar mi enfado y disfrutar de este tiempo juntas**.

—Prefería los desayunos de tu madre —le digo nostálgica. Ella me da la razón.

—Sus magdalenas son famosas en todo el pueblo —me responde, y nos reímos ya sin fisuras.

Nos pasamos el desayuno recordando buenos momentos. Ella se bebe su zumo de pomelo y yo el mío de naranja, y cuando nos terminamos las tostadas, ya es la hora de ir a clase. Salimos del comedor cogidas de la mano y nos separamos en los pasillos con gestos tristes; me cuesta la vida desprenderme de sus dedos, me resisto hasta que el meñique le dice adiós, con la promesa de encontrarnos en el patio, donde siempre,

junto a la rosaleda. Ella se va a primero C y yo a primero A, la misma clase del trimestre pasado.

Un nudo en las tripas me revuelve el desayuno. **Mi BFF ya no está conmigo.** ¿Seré capaz de soportar las habladurías y los comentarios hirientes de la gente sobre mi familia? Ayer, al llegar, noté algunas miradas clavadas en mi nuca cuando creían que yo no los veía, y luego esta mañana, la nota. Esa maldita nota... Está claro que las novedades sobre el juicio de mi padre me mantienen en el punto de mira. Pero no quiero preocupar a Julia: tengo que ser fuerte, como siempre... A veces nos toca desempeñar un papel y, por mucho que queramos deshacernos de él, no podemos. **En mi caso, ocultar mis emociones se ha convertido prácticamente en un deber, y es la única manera de proteger a mi mejor amiga.**

Cuando veo entrar a Irene, Leyre y Norah en clase, aprieto los dientes. Doy gracias al comprobar que siguen ignorándome...

—Bienvenidas, chicas. Sentaos. Tengo novedades —anuncia María cuando tomamos asiento.

Entonces me fijo en un par de caras nuevas que se colocan de pie junto a nuestra profe de matemáticas. Son dos chicas menudas, con el pelo castaño corto y los ojos del mismo color, muy grandes y vivos.

—**Estas son Nadia y Laura, hermanas como podéis ver. Gemelas, para más inri** —se ríe la profe y las nuevas con

ella—. Total, que hoy empiezan su año en Vistalegre. Su padre es diplomático y han pasado los últimos años en Estados Unidos. Espero que las acojáis con cariño.

—Bienvenidas —digo, y el resto del alumnado me secunda. A Irene y su séquito no las oigo, y supongo que prefieren mantenerse al margen.

—Ahora al lío —continúa María, y luego pide a las chicas nuevas que vayan a sus sitios.

Aunque adoro a esta profesora, su asignatura me pesa, y cuento los minutos para que termine la clase. Menos mal que Julia me dará clases particulares y podré enterarme de algo; si no fuera así, no sé qué sería de mí.

El resto de las asignaturas pasan, pero no puedo quitarme de la cabeza la dichosa nota. No estaba firmada, de manera que no tengo forma de saber quién me la ha enviado. Miro de reojo a Irene, que escribe concentrada en su libreta, pero conozco su letra y sé que la nota no la ha escrito ella ni ninguna de sus amiguitas. No tardo en darme cuenta de que es una tontería tratar de responder a esta pregunta. La noticia de mi padre ha salido en las noticias de todo el país, y el internado entero está al día de los sucesos, por lo que sería ridículo pensar en una sola persona tratando de amargarme la vida, pero... **¿por qué iba a mandarme alguien una nota como esa? ¿Solo para hacerme daño? ¿Para hacerme sentir mal poniéndome al nivel de mi padre?**

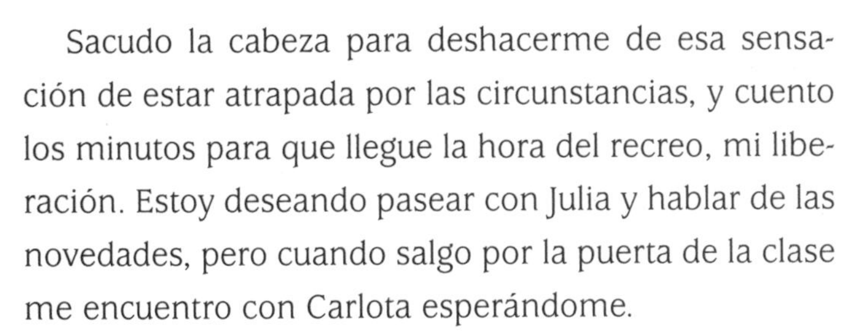

Sacudo la cabeza para deshacerme de esa sensación de estar atrapada por las circunstancias, y cuento los minutos para que llegue la hora del recreo, mi liberación. Estoy deseando pasear con Julia y hablar de las novedades, pero cuando salgo por la puerta de la clase me encuentro con Carlota esperándome.

—Tienes una llamada de tu madre —me dice con tono severo.

No me apetece nada, pero si mi madre llama es porque ha surgido algo nuevo con respecto al juicio de mi padre, y no puedo negarme a saber qué. Quizá sea que se ha adelantado definitivamente. A buenas horas me lo cuenta, me enteré antes por la radio que por ella... Acudo a la sala de teléfonos y cojo el que me indica la gobernanta que los custodia.

—Mamá —digo al descolgar.

—Álex, cariño, qué bien oír tu voz. Tengo muy buenas noticias...

—Sí, ya, que le han adelantado el juicio a papá.

—¡Exacto!

—¿Por qué no me lo contaste antes? Lo escuché ayer por la radio...

—No podía, cariño, no se podía revelar nada por si al final no salía adelante. Pero hoy nos han confirmado que sí, que se realizará la semana que viene, el viernes exactamente.

—**¿El viernes?** ¿Ya? Ufff, mamá... Podías haberme

dicho algo, no estás hablando con ningún periodista, sino con tu hija.

—Bueno, no exageres. Tampoco es que te haya guardado un secreto de Estado. Te estoy llamando ahora, ¿no?

Aprieto la boca para evitar discutir más. Sé que con mi madre eso no lleva a ningún sitio.

—¿Ya está, entonces? ¿Eso es todo lo que tenías que decirme?

—No, bueno..., hay algo más...

Noto cómo se me ponen los pelos de punta porque, por el tono de voz de mi madre, lo que viene a continuación es la noticia auténtica, la explosión...

—¿Qué? —pregunto directa.

—El abogado de tu padre dice que tendrás que testificar en el juicio.

No me lo puedo creer. Noto cómo se me tensa todo el cuerpo, incrédula.

—¿Yo? ¿Para qué?

—Dice que ayudará a cambiar su imagen de delincuente.

—No sé cómo... —empiezo a decir, y mi madre me interrumpe.

—Bueno, no te preocupes. El jueves iremos a recogerte para contártelo mejor en persona.

—¡Pero si hoy es lunes, mamá! —exclamo, porque ni siquiera he tenido tiempo de asimilarlo.

—Claro, no hay tiempo que perder. Yo quedaría mañana mismo, Álex, pero el abogado prefiere hacer un par de sesiones solo conmigo y después ya pasamos a ti. Así que el jueves lo hablamos, ya verás qué bien irá todo.

Me da la sensación de que mi madre se ha vuelto loca, habla como si la ansiedad de los últimos meses y la

sensación de haber caído en un pozo sin fondo no hubieran existido, pero decido no atacar. Solo despedirme, porque no quiero seguir escuchando locuras.

—Hasta el jueves, mamá.

—Por cierto, hija, ponte el traje de pantalón y chaqueta que te compré el año pasado para el congreso al que fuimos en Madrid, y estate preparada sobre las nueve porque si no...

Corto antes de que acabe de hablar, pues sé que si sigo escuchándola estallaré y le soltaré lo que pienso de todo.

¿Qué voy a decir yo de bueno de mi padre cuando apenas lo conozco, cuando nunca se ha preocupado por mí? ¿Por qué iba el abogado a confiar en mí? Muy sencillo: porque soy su hija..., y tal vez, como ya me advirtió la nota y aunque no quiera reconocerlo, sí que tengo más en común con él de lo que me gustaría reconocer.

En cuanto cuelgo el teléfono, me siento tan rota y perdida que no sé ni adónde ir. Miro el reloj: el recreo se ha terminado y todo el mundo ha vuelto a clase, pero yo no me siento capaz de seguir ninguna asignatura ahora. Me gustaría hablar con Julia, pero no puedo porque está en su nueva clase con sus nuevas compañeras.

Al salir del locutorio me encuentro con María y su perrito Pancho. Me adivina en la cara que algo no va bien. Probablemente esté al tanto de la historia de mi

padre e imagine que tengo novedades poco agradables. Teniendo en cuenta que con escuchar las noticias ya basta para saber más que yo...

—**¿Estás bien?** —me pregunta para confirmar sus sospechas.

—No mucho —respondo mientras acaricio el lomo de Pancho.

—Ya sabes lo que dicen...

—¿Qué dicen?

—**Que en las adversidades sale a la luz la virtud...**

La miro agradecida antes de alejarme de ella y buscar mi lugar de refugio en este sitio. Si mi profesora tuviera razón, ahora debería salir la mejor parte de mí al exterior, pero lo cierto es que no me apetece exponerme de ninguna manera, prefiero esconderme, al menos por el momento.

Toni me saluda con su habitual amabilidad al verme llegar al establo.

—Bienvenida. ¿Te encuentras bien? Tienes mala cara... —me pregunta, levantándose de la silla que está justo en la entrada.

—Sí, es que acabo de recibir una mala noticia... Me gustaría compartirla con Tristán, ¿te importa?

—No, claro. Siempre que cumplas tu palabra de que tú y el caballo volveréis puntuales y en buen estado.

—Lo haremos. Gracias, Toni.

Le dedico una sonrisa antes de alcanzar el box de

mi precioso caballo. **En cuanto veo sus ojos leales, me da un vuelco el corazón, agradecido.** Le acaricio la crin y él me busca con el hocico para darme un lametón cariñoso. Me río por las cosquillas que me hace, y por primera vez en el día me siento realmente bien. **Con él siempre puedo contar, no importa el momento.**

Coloco la silla y me subo a ella de un brinco, luego dejo que Tristán me lleve en un trote relajado por el bosque, mientras cierro los ojos a ratos y me olvido de mi vida.

Cuando me despido de Tristán y Toni, solo me apetece esconderme en mi cuarto. Me quedaré aquí el resto del día, o al menos un rato, hasta que acaben las clases y pueda hablar con Julia. Es probable que tarde o temprano me llegue la bronca de Carlota por saltarme las clases, pero aun así hoy prefiero permanecer oculta.

Me echo en la cama y me acurruco sobre el cojín. Cierro los ojos buscando un poco de paz. Le doy vueltas a mi pulsera, mi regalo de Reyes, con su placa de «ALWAYS BE YOURSELF», mensaje que me repito mentalmente y al que prometo no fallar. Visualizo la casa de la familia de Julia y trato de recordar lo bien que me sentía allí los días de vacaciones, para recuperar un poco de bienestar y **dejar a un lado el dolor que mi familia me provoca**.

En un momento dado debo de dormirme, porque cuando abro los ojos siento un frío tremendo en todo el cuerpo y ya no entra luz por la ventana. Al incorporarme, me encuentro con que no estoy sola. Nadia, una de las gemelas nuevas de mi clase, está sentada en uno de los escritorios, el que antes pertenecía a Julia, escribiendo algo en una libreta. Resulta que es ella mi compañera de cuarto, y me entero ahora.

Para romper el hielo, le pregunto:

—¿Qué hora es?

—Casi las diez.

—¿En serio?

—Sí, debías de estar muy cansada.

—¿Y la cena? —pregunto, cortando la dirección a la que ella conduce la conversación.

—Ya ha pasado. Pero tengo un poco de fruta, si quieres, en la mochila.

Antes de que pueda responderle, coge la mochila y me tiende un plátano y una manzana. Los cojo porque lo cierto es que las tripas me rugen de pura hambre.

—Gracias —le digo, y me doy cuenta de que no sé nada de Julia desde el desayuno. Todo el día sin verme, y es incapaz de venir a buscarme para saber qué me pasa... **Eso sí que es raro.**

Aunque, a decir verdad, no creo que ahora mismo yo sea la mejor compañía para ella... Tal vez no lo haya sido nunca, pero había conseguido olvidarlo. **Mi cabeza sigue dándole vueltas a esta idea sin cesar mientras no paro de moverme en la cama durante toda la noche: ¿podré ser alguna vez yo misma, libre, o estoy condenada a ser solo la hija de un estafador?**

J
Nadie es lo que parece

Hoy me levanto tarde. Me doy cuenta en cuanto abro los ojos y miro el reloj despertador, que no me ha sonado, o ha sonado y lo he parado dormida, que también puede ser. Y es que ayer me quedé hablando con Chloé hasta las tantas de la noche otra vez y después, ya cuando me dormí, me desperté varias veces, inquieta. **Imagino que a mi compañera le debió de pasar algo parecido porque una de las veces que abrí los ojos vi que su cama estaba vacía**; sin embargo, no ha debido de afectarle, porque enseguida me doy cuenta de que la habitación está vacía, lo que significa que ya se ha puesto en marcha. No como yo, que sigo remoloneando entre las mantas... Me estiro y cojo impulso. Tengo muy poco tiempo para prepararme antes de que cierren el comedor para el desayuno, así que más me vale meterme caña.

En cuanto me pongo el uniforme y me aseo, voy a

buscar a Álex a su cuarto, a ver si hoy tengo suerte y la pillo a tiempo y de buenas. Llevo varios días sin verle el pelo, cosa muy, pero que muy rara. Por las mañanas nunca está en su cuarto y, cuando me la cruzo por los pasillos, siempre va con prisas y me suelta alguna excusa que me suena bastante vaga. De manera que acabo pasando el tiempo con Chloé mientras intento pensar que a mi mejor amiga no le ocurre nada conmigo, solo que debe de estar adaptándose a los cambios y **necesita unos días para volver a ser la de siempre**, o al menos la que conocí el trimestre pasado. Aunque no llevamos ni una semana de clase, ya tenemos tropecientos trabajos que hacer, así que no sería nada insólito pensar que está ocupada. Sin embargo, **la echo tanto de menos que no me rindo**, y por eso vuelvo a buscarla hoy, como he hecho todas las mañanas desde que llegamos.

Pero cuando llamo a su puerta, nadie me responde. Otra vez. Como yo ya no duermo ahí, me da cosa entrar sin que haya nadie dentro, como haría una intrusa cualquiera. La palabra «intrusa» me provoca un escalofrío y me sacudo para quitármelo de encima antes de recorrer el pasillo con paso acelerado. Tengo que dejar de repetirme tonterías, Álex prometió que nada cambiaría a pesar de dormir en habitaciones distintas, y yo la creo, no tengo que darle más importancia al hecho de que nos veamos poco estos días, tendrá cosas que ha-

cer... Así que avanzo casi corriendo para bajar al comedor. Quizá me la encuentre allí, esperándome para coger la bandeja y sentarnos juntas a desayunar. Ojalá...

Me asomo a la puerta del comedor curiosa, pero después de varias barridas dentro y fuera de él, no distingo la llamativa melena pelirroja de mi mejor amiga. **Álex tampoco está aquí, otra vez...**

—¡Hola, Julia! —Oigo una voz a mi espalda, y me encuentro con Chloé.

—¡Hola! ¿Acabas de bajar? Como no te he visto en el cuarto, pensaba que ya habrías desayunado, con lo tarde que se me ha hecho a mí...

—No, estaba tan dormida que me he duchado y me he tomado mi tiempo. Me gusta entretenerme bajo un buen chorro de agua caliente —me dice, y yo sonrío porque me pasa lo mismo.

—A mí también... No hay nada más relajante que el agua caliente cayendo sobre tu cabeza.

—Sííí, es como si un montón de manos te estuvieran haciendo un supermasaje —suelta Chloé, y yo me río por la ocurrencia.

Me doy cuenta de que hay algo diferente en ella, pero no sé qué es...

—**¿Te has hecho algo...?** —empiezo a preguntarle cuando ella, con expresión orgullosa, se pasa la mano por el pelo rubio, ahora me doy cuenta, superliso y con flequillo.

—Tus rizos ya no están y te lo has cortado por aquí —le digo sorprendida.

—Sí, me apetecía cambiar —dice, al principio un poco cortada.

Pero cuando asiento convencida y le digo que le queda de maravilla, sonríe satisfecha.

—**Ahora me parezco todavía más a ti** —me dice guiñándome un ojo, y yo vuelvo a troncharme de la risa.

—¿No vas a entrar? —me pregunta de pronto Chloé.

—Sí, estaba buscando a una amiga...

—¿A Álex? —dice. Me sorprende que sepa a quién me refiero, pero supongo que, como ya le he hablado de Álex en varias ocasiones, ha atado cabos enseguida.

—Sí, llevo días sin verla y me hubiera gustado desayunar con ella...

—Bueno, estará con las de su clase. Yo creo que me las he cruzado cuando venía, y no es la primera vez —me recalca, y aprieto la boca un poco mosqueada porque mi mejor amiga vuelva a pasar de mí, gesto que no le pasa desapercibido a Chloé.

—Venga, no te enfades. Es normal. Pasa mucho tiempo con ellas y se habrán hecho amigas.

Me encojo de hombros resignada y con un nudo en el estómago que me acaba de quitar las ganas de desayunar.

—Sí, supongo que sí..., pero podría haberme esperado al menos, yo también sigo siendo su amiga —se me escapa, pero enseguida me arrepiento, porque no conozco tanto a Chloé y no quiero criticar a mi mejor amiga delante de ella—. Es igual, estoy bien —digo meneando la cabeza rápidamente como tratando de borrar lo que acabo de decir.

—Sí, ¡es igual! **A veces la gente no es como crees...** Pero ya os veréis más tarde, cuando ella esté menos liada y pueda dedicarte un ratito. ¿Vamos? —me pregunta señalándome la puerta. Yo me lo pienso un instante, porque la verdad es que ya no me apetece comer nada.

—Vamos, el desayuno es la comida más importante del día. Anda, entra... No dejaré que te desmayes por los pasillos —me dice Chloé mientras me empuja

por la espalda, y a mí se me escapa una sonrisa. La verdad es que es graciosa y me hace reír cuando me desinflo.

Al final, asiento mientras doy el primer paso, y el segundo, y el tercero todavía un poco afectada. Al coger la bandeja con las tostadas y el zumo de pomelo, me asomo por la ventana del comedor, porque distingo un coche oscuro que llega a la entrada del edificio, a lo lejos, en ese momento. De él sale una mujer alta y espigada que me resulta familiar, aunque no la conozco. Pero hay algo en su manera de moverse cuando Carlota la recibe y le da la bienvenida, creo... Casi me tropiezo al caminar con la bandeja mirando lo que ocurre fuera. A estas horas el comedor está hasta arriba de todos los rezagados, como yo. Me siento en la primera mesa que veo libre para evitar más riesgos y hacer el ridículo. Sé que esa mujer me suena, pero no sé de qué... Estoy dando vueltas al tema cuando Chloé se sienta delante de mí con su bandeja. Me sorprende que lo haga, pero no me molesta; hemos comido juntas varias veces estos días y es una buena compañía. Al fijarme en su desayuno me doy cuenta de que es exactamente igual que el mío.

—Anda, zumo de pomelo, como yo... **Álex siempre dice que este zumo no le puede gustar a nadie más que a mí, que soy una rarita.** Ahora podré decirle que no es verdad. Bueno..., cuando consiga verla, claro.

Sonrío algo triste.

—¿En serio? —dice Chloé—. A mí me encanta el zumo de pomelo, siempre ha sido mi preferido. Mira... —Empieza a darle sorbos y casi se lo bebe entero, como si quisiera demostrarme que me dice la verdad—. Sí, sí, es dulce y amargo a la vez... Es perfecto.

—Exacto, el mejor zumo del planeta. —Me río satisfecha cuando Chloé levanta su vaso para brindar con el mío como si fuera vino.

—Así que ya puedes decirle a Álex que no estás sola, que a mí también me encanta, que de rarita nada... **A lo mejor los raritos son ella y su familia. Además, porque a ella no le guste algo no significa que sea raro, ¿no?**

—No, es verdad... —digo, porque en parte tiene razón.

—A ver, ¿qué más te dice Álex que haces raro?

Levanto los ojos al techo para pensar y recuerdo todas las veces que se ha reído de alguna decisión que he tomado por parecerle ridícula, como dormir con el pelo recogido en una coleta para que no me moleste durante la noche. Según ella, me lo estoy destrozando. O preferir mil veces hacer un sudoku a jugar a la Play. Le cuento a Chloé todas estas cosas que, de alguna manera, demuestran lo diferentes que Álex y yo somos a veces. Hasta ahora nunca me habían molestado, pero ahora Chloé me hace verlas desde otra perspectiva...

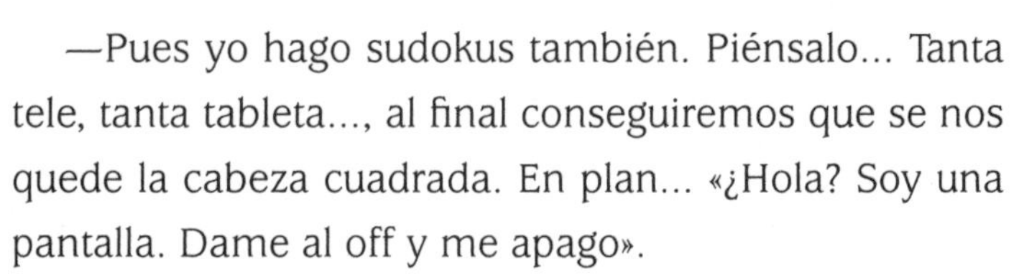

—Pues yo hago sudokus también. Piénsalo... Tanta tele, tanta tableta..., al final conseguiremos que se nos quede la cabeza cuadrada. En plan... «¿Hola? Soy una pantalla. Dame al off y me apago».

Me río, me río tanto que el zumo de pomelo me sale de pronto por la nariz, y Chloé se ríe también y nos tronchamos juntas mientras me da un montón de servilletas para que me limpie. Nos reímos tanto que incluso empiezan a llorarme los ojos y a dolerme la tripa. **Y la risa me sienta de maravilla**, porque la decepción de hace un rato se ha suavizado y, aunque sigo algo triste, me alegra tener a Chloé cerca para distraerme.

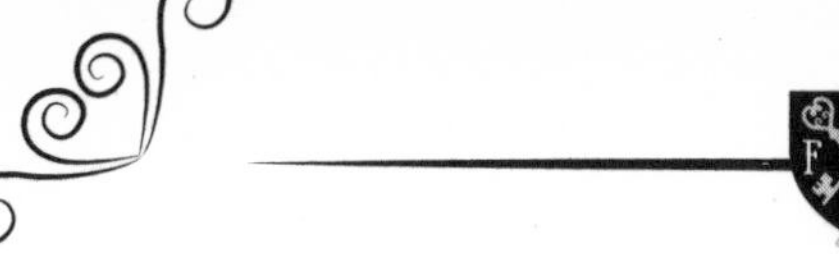

Cuando salimos del comedor, me despido de mi compañera de cuarto porque quiero pasar por la biblioteca, no vaya a ser que Álex esté allí haciendo algún trabajo con sus compañeras. Pero al llegar a la majestuosa sala, me la encuentro prácticamente vacía, y, por supuesto, Álex tampoco está ahí. Quizá Chloé tiene razón, y en tan poco tiempo ya ha elegido a sus nuevas amigas... No sé, me parece que no es algo que mi mejor amiga pudiera hacer, pero quizá Chloé tiene razón y **las personas no son siempre como esperas**. Eso mismo lo viví al conocer a Álex, pensaba que era de una manera y acabó siendo de otra, pero tal vez en este tiempo he vivido equivocada y era en realidad como pensé en un principio... Aunque espero que no sea así.

Hoy se ha levantado el día especialmente soleado, así que decido salir al jardín y rodear el edificio para llegar antes a las clases, y me encuentro con María, mi profe de matemáticas, que va con su perrito Pancho, que siempre siempre la acompaña; menos en clase, claro.

—Buenos días, Julia. ¿Has visto qué día más bonito hace? —me pregunta, pero tras verme el gesto algo apagado, se corrige—. Vaya, parece que para ti hoy el sol no brilla demasiado. **¿Estás bien?**

Yo me encojo de hombros un tanto abatida, y es que con esta mujer resulta muy fácil hablar de cualquier cosa.

—No mucho. Las personas a veces no son como parecen y hacen cosas que no esperas... —digo un poco ambigua. Sin embargo, ella parece captar mi mensaje a la perfección.

—En eso te doy la razón. Pero ocurre para bien y para mal, por eso **hay que preguntar primero y actuar después**.

—Supongo que tiene razón...

—¡La tengo siempre! Ya sabes que las matemáticas no engañan nunca, son cien por cien fiables.

Sonrío antes de alejarme de ella para acudir a la clase de Historia que tengo ahora. Le doy las gracias por su sabio consejo mientras pienso en que lo que me ha dicho es bastante acertado: todavía no he conseguido hablar con Álex sobre lo que le está pasando y quizá todo tiene su explicación. **Me apunto mentalmente como principal propósito no dejar que acabe el día sin conseguir hablar con ella... ¿Lo lograré?**

A
La verdad es relativa

Delante del espejo, me miro y me miro, y lo único que siento es que quiero salir de este cuerpo y de esta vida para no tener que hacer lo que tengo que hacer dentro de un rato. Pero aquí estoy, embutida en un traje de pantalón y chaqueta oscuros, el que, por teléfono, mi madre me exigió que me pusiera para la ocasión. Podría haber hecho oídos sordos y vestirme como quisiera, pero lo cierto es que no sé qué se pone una chica para ir a conocer al abogado de su padre. La verdad es que, por más que me miro, **no encuentro las fuerzas para hacerlo**.

Pienso en las notas que están guardadas dentro de mi mochila, que va siempre conmigo, lo que la convierte en el lugar más seguro. Casi cada mañana ha aparecido una diferente por debajo de mi puerta, cada una peor que la anterior, transformando inevitablemente la visión que tenía de mí misma.

Empiezo a pensar que el autor de esas notas tiene algo de razón. Yo he disfrutado de todo lo que mi padre me ha dado, dinero, exuberancia, viajes… He disfrutado a cambio de la pérdida de otros, de su desgracia. No he contado a nadie la existencia de estas notas, claro, ni siquiera a Julia. ¿Qué iba a pensar de mí mi mejor amiga al leerlas? Julia tiene una buena imagen de mí y no me gustaría estropearla… Pero lo peor es que guardar **este secreto me pesa tanto** que tenerla delante se está convirtiendo en algo traumático, algo que no de-

bería ser, porque no puedo hablarle como siempre, porque no me gusta ocultarle cosas. Así que la distancia es inevitable...

De pronto se abre la puerta de la habitación y aparece Nadia, mi compañera de cuarto.

—Estás muy elegante. ¿Hoy no vas a clase? —me pregunta sin más.

—Gracias, y no, tengo... tengo algo que hacer —respondo dubitativa, porque tampoco quiero contarle adónde debo ir dentro de un momento.

—Pues espero que te vaya muy bien. Suerte —dice, sin saber cuál es mi destino. Pero es evidente que se ha dado cuenta de que hay algo que no quiero contarle. Y yo le agradezco su ánimo y su respeto por mi silencio con una sonrisa sincera.

En cuanto salgo de la habitación, me tropiezo con Carlota, la directora, y se la ve bastante impaciente.

—Alejandra, ¿dónde te metes? Llevo un rato buscándote. **Tu madre está abajo esperándote.** Venga, vamos —dice.

Yo asiento agachando la cabeza, asumiendo mi terrible destino, y dejo que literalmente me empuje por el pasillo mientras me aguanto las ganas de zafarme y gritarle que me deje tranquila.

—Nos pasamos el año enseñándoos educación y no sé ni para qué —protesta detrás de mí. Yo no puedo levantar los ojos del suelo porque me da la sensación

de que todos los alumnos con los que nos cruzamos están hablando de mí.

Descendemos las escaleras y llegamos a la puerta del colegio, y entonces la veo a ella, a mi madre, Amanda, impecable en su traje de chaqueta, pero el suyo es blanco y espectacular, y su corte de pelo y su maquillaje la hacen parecer más una estrella de Hollywood que una esposa en bancarrota.

—Hola, hija —me saluda mirándome a través de sus gafas de sol antes de darme un par de besos en el aire, en lugar de en las mejillas. **Cualquiera diría que no nos vemos desde septiembre...**

—Hola, mamá. ¿Has vuelto a contratar a Sam? —le pregunto al ver el coche de siempre parado en la puerta.

—No, solo me está haciendo el favor para estos días. ¿A que es un detalle? —dice orgullosa, y yo niego con la cabeza incrédula antes de meterme en el coche, atrás, junto a la ventana derecha, en mi sitio de siempre. **Estoy harta de las apariencias que mi madre tanto se esfuerza por mantener.**

—Hola, Sam, ¿cómo estás? —le pregunto al hombre sentado al volante que me ha llevado al colegio durante seis años.

—Bien, señorita Solano. Me alegro de verla. —Me sonríe a través del espejo retrovisor.

Mi madre se despide de todos entre sonrisas, igual que si se fuera de viaje a un sitio espectacular, y yo me centro en mirar por la ventana. Cuando oigo que cierra la puerta y se sienta a mi lado, no hago por volverme.

—Podrías haberte recogido un poco el pelo, así no impones ningún respeto —me suelta mi querida madre cuando el coche se pone en marcha, y me aguanto las ganas de decirle algunas cosas sin moverme y sin mirarla.

Que yo permanezca en silencio no es un problema para ella, que empieza a hablarme de lo bien que están yendo las negociaciones con el fiscal, de que dentro de poco recuperaremos nuestra vida, de que las personas que nos han dado la espalda tendrán que morderse la lengua...

Mientras veo cómo abandonamos el silencio del bosque para adentrarnos en la ruidosa ciudad, ella sigue y sigue hablando, sin esperar réplicas. Su monólogo acaba cuando paramos delante de un edificio gris y cuadrado que está en pleno centro.

—Gracias, Sam. Pasa a buscarnos hacia las tres, por favor.

—Claro que sí, señora Solano. Aquí estaré —responde el chófer con un respetuoso asentimiento de cabeza.

Mi madre sale del coche y se planta en la acera, a la espera de que yo la siga. El sol intenso me ciega al echar la cabeza hacia atrás para mirar el edificio al que debemos entrar, y tengo que cubrirme la cara con las manos.

Cuando mi madre indica al portero que vamos al último piso, al bufé de abogados Viña y Poveda, él llama el ascensor obediente.

—**Es un gran abogado** —me dice mi madre mientras ascendemos un piso detrás de otro.

—¿Cómo lo estás pagando? —le pregunto curiosa.

—Bueno, he sacado de aquí y de allá, ya sabes —responde ella, siempre con subterfugios, sin ser clara ni sincera. Por eso no le hago más preguntas.

Las puertas del ascensor se abren ya en el interior de un despacho inmenso en el que el teléfono y los teclados de los ordenadores no paran de sonar. Mi madre camina con decisión hasta una mesa en la que anuncia a una chica de aspecto sobrio que Amanda

Solano ha llegado. La joven avisa a alguien a través de un teléfono y después se levanta sumisa para abrirnos la puerta del despacho que está justo enfrente.

Al fondo, tras un escritorio inmenso de madera de pino, un hombre trajeado se levanta y le tiende la mano a mi madre con una amplia y segura sonrisa en su cara de moreno de los Alpes.

—Amanda, bienvenida. Tú debes de ser...

—**Alejandra** —me adelanto porque no me gusta que las personas hagan como que me conocen cuando no es el caso.

—Encantado, Alejandra. Yo soy Raúl Viña, el abogado de tu padre y socio del despacho —se presenta, estrechándome también la mano, y yo asiento con poco ímpetu.

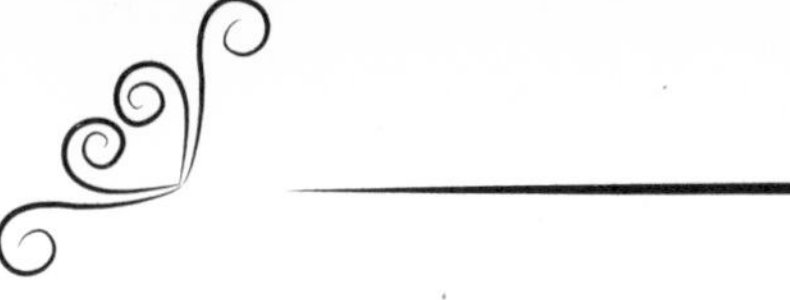

—Sentaos, por favor.

Nos señala las dos butacas frente a su escritorio y él toma asiento de nuevo en la suya.

—¿Qué tal el colegio? —me dice de pronto, y yo lo miro con el ceño fruncido, porque no me esperaba esa pregunta.

—Bien, supongo —digo encogiéndome de hombros.

—Me alegro —responde con total desinterés, conforme con mi evasiva—. Pues si os parece, vamos directos a lo que nos apremia. El juicio de tu padre. Imagino que tu madre ya te habrá adelantado que será un juicio largo, que durará días, y que **tú serás su testigo principal y saldrás en la primera sesión**.

—Algo así, pero todavía no sé por qué... Yo a mi padre casi no lo he visto desde que nací. No sé qué podría decir a su favor, la verdad —suelto con sinceridad.

—Pues es sencillo. Verás, Alejandra, **no tienes que preocuparte por las respuestas, porque nosotros te las daremos**. Así no tendrás que darle vueltas a la cabeza.

Lo miro en silencio, tratando de entender lo que me dice, y cuando lo hago no me puedo creer que me esté diciendo lo que me está diciendo.

—Se refiere... **a que diré lo que ustedes me digan**.

—Exacto.

—No, no lo entiendo... —titubeo.

—Verás, aquí lo importante es la retórica, y la actuación que tú hagas cuando hables a favor de tu padre. El jurado no se podrá resistir cuando te vea, con lágrimas en los ojos, recordando cómo te arropaba por las noches y cuánto echas de menos esa sensación de seguridad, de protección, con la cantidad de...

—Mi padre nunca me ha arropado —le interrumpo.

El abogado se ríe y aparta algo invisible del aire con las manos mientras me responde:

—Bueno, eso no es lo importante aquí, Alejandra, lo importante es que tú conmuevas al jurado cuando te vean aparecer en el juicio.

—**Me está diciendo que tendré que mentir...** —Al fin confirmo lo que llevo un rato temiendo.

—**La verdad es relativa**, Alejandra, ¿no lo sabías? Hoy en día hay muy poca gente sincera, y en este caso sería transformar solo un poco la verdad, lo suficiente para que tus palabras calen en el jurado...

Dejo de escuchar a este hombre que no me gusta ni un pelo. Y comienzo a negar con la cabeza, porque es lo que mi cuerpo y mi corazón me piden que haga. Me pongo a dar vueltas a la pulsera que llevo en la mano, «ALWAYS BE YOURSELF»...

—No puedo hacerlo, no puedo mentir.

—No sería mentir mentir...

—Sí, una mentira es una mentira, lo mires como lo mires —digo con voz firme, porque empiezo a estar

harta de que este hombre me trate como si fuera una niña pequeña. Quizá debería serlo, pero no lo soy, y en buena parte es por culpa de las cagadas de mis padres.

Raúl Viña mira a mi madre con el rostro contrito. Veo que se pone a tamborilear con los dedos en la mesa, señal de que se está poniendo nervioso. Entonces, por primera vez desde que comenzó esta conversación, interviene mi madre. Gracias, mamá.

—A ver, hija. Tienes que hacer caso de lo que te diga el abogado. **¿Acaso quieres ver a tu padre entre rejas el resto de su vida?**

—No, mamá, pero no puedo mentir en un juicio... ¿Eso no es ilegal, además? —pregunto mirándolos a ambos, buscando un apoyo que no llega.

—Cualquiera entendería que lo hicieras, ¡es tu padre! —estalla mi madre llevándose las manos a la cabeza.

Por primera vez desde que esto empezó la veo perder los papeles. Su rostro se contrae en una mueca desesperanzada, y me doy cuenta de que su impecable maquillaje se está desmoronando... La sombra, el *eyeliner*... se están corriendo. **¿Son lágrimas lo que está tratando de contener?**

—Tenemos que hacer todo lo que esté en nuestra mano para sacarlo de ahí, Alejandra. ¿Lo entiendes? Somos familia.

Miro a mi madre con esa nueva cara que no había visto nunca y por primera vez me doy cuenta de que no está llevando este asunto tan bien como yo creía. Pensaba que vivía en su realidad de color rosa, pero lo único que hacía era fingir. Me da lástima, esa es la verdad; **no me gusta verla así de triste**. Ella siempre ha

sido fuerte y vital, y aunque pasaba de mí, parecía feliz, pero ahora..., ahora no, **ahora se la ve muy infeliz, demasiado**. Y no sé por qué, pero me afecta, a pesar de que no se haya portado conmigo como una buena madre, a pesar de que me haya cansado de bailarle el agua, a pesar de todo. Así que respondo algo para borrar esa mueca, lo único que yo puedo hacer para transformarla.

—**Está bien, lo haré** —contesto, y al instante me arrepiento de ceder por ella, por ellos, de hacer algo que sé que no está bien, porque me juré no cometer los mismos errores que ellos, y así no voy por buen camino. Noto que me quema la muñeca, y me doy cuenta de que es justo donde tengo la pulsera, y tengo la sensación de que soy un vampiro y ella es como la plata, mi punto débil.

Siento que me desprendo de mi piel, **que ya no soy yo misma**, o quizá siempre fui de esta otra manera y no quise reconocerlo. Lo único seguro es que por ahora no necesitaré más la pulsera, así que me la quito y la guardo en la mochila, junto a todas esas notas que auguraban lo que acaba de suceder: lo peor.

Tomo aire y disimulo mi malestar, esta vez me toca a mí fingir que todo va a ir bien cuando sé perfectamente que no es así. Y cuando mi madre me coge la mano en un gesto cariñoso, en lugar de sentir calor, cariño..., se me revuelven las tripas y me entran ganas de vomitar.

La reunión con el abogado termina varias horas después, tras firmar algunos papeles y exponer algunas preguntas hipotéticas a modo de ejemplo así como posibles respuestas. Los próximos días que nos veamos tendremos que practicar para que en el juicio salga todo perfecto, así seguro que mi padre quedará libre. Esa afirmación provoca una sonrisa satisfecha a mi madre; **pero yo me estremezco**. El abogado Viña me despide con un apretón de manos que refleja su orgullo vanidoso por el trabajo realizado; yo me voy con la sensación de que **esta ya no es mi vida**, sino la de otra pringada de una serie mala de Netflix.

Cuando bajamos en el ascensor hacia la calle, mi madre me anuncia que se queda en la ciudad a hacer algunos recados, por lo que me despide en la puerta del coche que Sam conduce para llevarme de vuelta a Vistalegre. Curiosamente, nuestra separación me causa alivio, más que pena, y es que pasar el día acompañada de mi madre y el señor Viña ha sido cuando menos intenso.

—Vamos a volver a la normalidad, Álex, ya lo verás. Todo será como antes —me promete ella, sonriendo esperanzada.

Yo asiento, pero no sonrío. Porque sí, todo lo que acaba de suceder me suena..., y es porque ya lo he visto, en concreto en unas notas escritas con tinta verde. **Parece que definitivamente soy una Solano más, después de todo...**

Así que, sin añadir nada, abro la puerta del coche y, disfrutando de mi recién recuperada soledad, dejo que Sam me lleve de nuevo al internado, a lo más parecido a una casa que tengo desde siempre, y me paso el viaje contando los kilómetros que me separan de ella.

Cuando me despido de Sam en la puerta de Vistalegre, ya es de noche y se ven las luces del castillo refulgiendo en la oscuridad, llamándome como si fuera una polilla en busca de claridad. Corro al interior sintiendo que allí se encuentra mi salvación y, efectivamente, de alguna manera así es. **Necesito hablar con Julia sobre lo sucedido hoy. Sé que llevo días alejándome de ella, pero si no hablo con alguien sobre cómo me siento de verdad acabaré explotando.** Así que subo las escaleras hacia la habitación número 43 clavando los pies en el suelo con todas mis fuerzas, cerrando los puños, dejándome llevar por esa carrera para descargar la frustración acumulada durante todo el día. Ni siquiera llamo a la puerta, la abro directamente, segura de que Julia estará sentada en su escritorio, estudiando, como solía hacer cuando compartíamos cuarto. Pero lo que me encuentro es una habitación vacía y un silencio sepulcral que

parece burlarse de mí. Aprieto la boca disgustada, miro el reloj y me doy cuenta de que ya han debido de servir la cena, así que imagino que mi mejor amiga estará abajo con su bandeja. Deshago el camino con menos ímpetu, algo más cansada y también más abatida por las circunstancias.

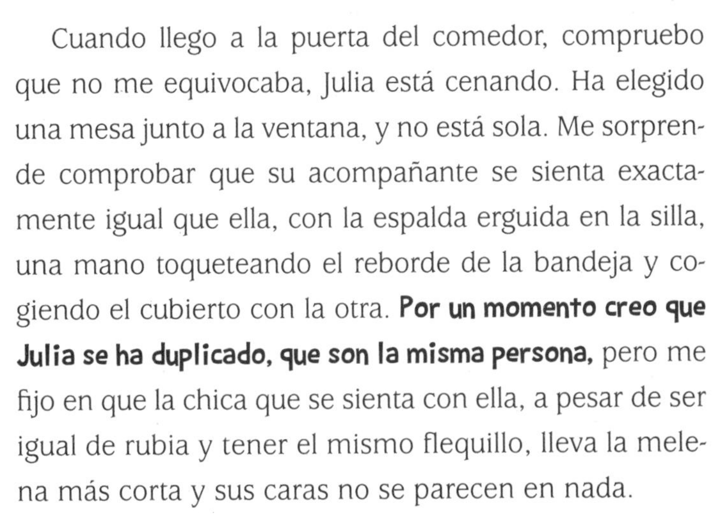

Cuando llego a la puerta del comedor, compruebo que no me equivocaba, Julia está cenando. Ha elegido una mesa junto a la ventana, y no está sola. Me sorprende comprobar que su acompañante se sienta exactamente igual que ella, con la espalda erguida en la silla, una mano toqueteando el reborde de la bandeja y cogiendo el cubierto con la otra. **Por un momento creo que Julia se ha duplicado, que son la misma persona,** pero me fijo en que la chica que se sienta con ella, a pesar de ser igual de rubia y tener el mismo flequillo, lleva la melena más corta y sus caras no se parecen en nada.

Justo en ese momento, la chica le dice algo a Julia que la hace troncharse de risa, y la veo tan relajada y alegre que decido no intervenir, y doy un paso atrás. Es

mejor que no la amargue con mis movidas. Ella se merece ser feliz, estar con personas que sean como ella, transparentes, **sin secretos oscuros ni fraudes**.

Hoy he abierto la puerta a una vida llena de mentiras, y es mejor que ella no entre, que se mantenga al margen para que mi suciedad no le salpique. Me doy cuenta de que estoy agotada. El día ha sido demasiado largo y duro, así que me doy media vuelta y decido buscar el consuelo en otro lugar, en otro ser que duerme en un establo y tiene la crin más suave del planeta. **Pase lo que pase, Tristán siempre me mira con los mismos ojos nobles, sin juzgarme. Sin secretos.**

J
Hay que arriesgarse

Álex es mi mejor amiga, o al menos lo era, pero desde que no dormimos juntas parece que se la haya tragado la tierra. Me paso los días buscándola sin éxito y empiezo a estar un poco cansada de hacerlo. Me prometió que cambiarnos de habitación no alteraría nuestra amistad... No me gusta que esté faltando a su palabra, pero es evidente que **todo está cambiando**. Y así se lo cuento a Chloé mientras cenamos en el comedor del internado; cada vez paso más tiempo con ella.

—No te preocupes por Alejandra —me dice, como si me leyese el pensamiento—. Ya sabes lo que dicen: de tal palo, tal astilla. **Los Solano solo miran por sus intereses.** ¿Acaso no era ella la líder de la Sociedad del Candado Dorado con Irene? Por lo menos, eso dicen...

Sus palabras me están calando hondo. Álex tiene un pasado, eso es indudable, y quizá vuelve a ser la de

antes, la que se mete en líos y no piensa en los demás: es decir, en mí.

Siento que se me rompe el corazón lentamente, trocito a trocito, y es muy doloroso. Nunca había estado tan unida a una persona... Le doy un sorbo más a la sopa antes de apartar el plato, porque no puedo más, ya no tengo hambre. Lo único que me apetece es meterme en mi habitación y olvidarme de todo.

—¿Ya no quieres más? —me pregunta Chloé con gesto preocupado.

—No. Creo que me voy a la habitación... —contesto a la vez que empujo la silla para ponerme de pie.

—Te acompaño —dice ella imitándome.

—No hace falta, de verdad.

—Pero si no lo hago por ti, lo hago por mí. Me lo paso bien contigo. Te ríes de todas mis bromas como si fueran buenas, y eso no me pasa cada día.

—¡La verdad es que son muy malas! —le reconozco a Chloé, y las dos nos reímos.

Juntas, dejamos las bandejas en el carrito de siempre y salimos del comedor. Al hacerlo, de lejos veo a Adrián, que llega en ese momento con Sergio y Matías, y lo saludo con la mano. Él me devuelve el gesto con una sonrisa y, como noto que se me encienden las mejillas, intento disimularlo colocándome un mechón de pelo detrás de la oreja.

—Pues sí que te gusta el chico... Él sí ha conseguido cambiarte la cara triste.

—Sí, bueno... **Somos amigos** —digo, porque todavía esa sigue siendo la única verdad.

—Yo diría que algo más también —bromea Chloé, dándome con el codo en las costillas.

—No, no, de verdad; entre nosotros no ha pasado nada de nada.

—Pero te gusta. Y tú le gustas. Eso está claro.

Tras un leve silencio, decido reconocerlo. Mi compañera de cuarto se está portando muy bien conmigo y se merece la verdad.

—Supongo que sí.

—¡Lo sabía! A mí no me puedes engañar, **te conozco demasiado bien** —exclama, y yo me encojo de hombros. Lo cierto es que para hacer tan poco tiempo que nos conocemos, parece que ya lo sabe todo de mí.

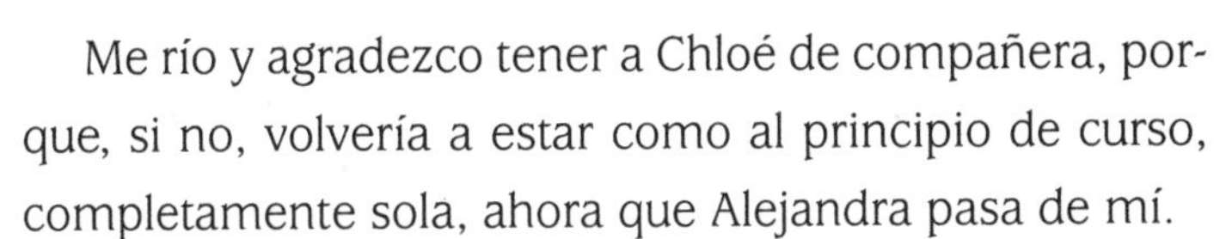

Me río y agradezco tener a Chloé de compañera, porque, si no, volvería a estar como al principio de curso, completamente sola, ahora que Alejandra pasa de mí.

—Se me está ocurriendo una cosa... —me dice mientras cerramos la puerta de nuestro cuarto.

—¿Qué?

Me mira con cara de pilla y yo acabo por empujarla para que me cuente qué está pensando. En un movimiento rápido, Chloé me arrastra del brazo para que nos sentemos juntas en su cama, cara a cara. Se coloca el pelo detrás de las orejas dejando a la vista el flequillo que se ha cortado y que permite ver mejor sus rasgos risueños.

—**Parece que la única persona que consigue alegrarte de verdad el día es Adrián...**

Me remuevo algo incómoda porque no quiero que se sienta ofendida.

—Bueno, tú también haces que me sienta bien, de verdad —le digo posando mi mano sobre la suya, con sinceridad, y ella asiente agradecida.

—Pues a ver qué te parece esto... En mi misión por hacerte la vida mejor, **vamos a hacer una escapada esta noche para ir a ver a tu amor**.

Me yergo en alerta, porque eso no me lo esperaba. Para nada.

—¿Cómo?

—Lo que oyes. En cuanto se apaguen las luces del

castillo, **tú y yo nos escaparemos de puntillas hasta la habitación de Adrián**. ¿Sabes qué número es?

—Sí, bueno... Me lo dijo a principios de curso, creo que la 57... —respondo insegura.

—Pues ya lo tenemos. ¡Está chupado!

Chloé ha empezado a dar botes sobre la cama y a bailar con los brazos en el aire, pero yo todavía no las tengo todas conmigo...

—No sé, Chloé... **No me quiero meter en ningún lío**, y si nos pillan...

—No nos pillarán. **Te lo prometo.**

Mi compañera me tiende la mano como si estuviera a punto de firmar un acuerdo con ella. Miro su mano y luego su cara, feliz y segura, y pienso en que pasar un rato con Adrián no estaría nada mal, porque durante el día vamos todos tan liados que casi ni lo veo... Así que me animo y acabo alargando la mano hasta coger la de Chloé y aceptar el reto.

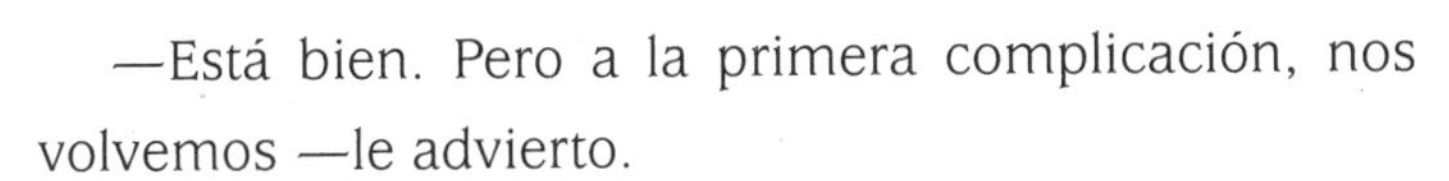

—Está bien. Pero a la primera complicación, nos volvemos —le advierto.

—**¡Trato hecho!** —exclama ella con una sonrisa de oreja a oreja.

De manera que seguimos todo el ritual: ducha, dientes, pijama... Y nos metemos en la cama. Luego esperamos a que sea bien entrada la noche, porque no sería la primera vez que Carlota pasa lista por sorpresa. Nos mantenemos en silencio para no levantar sospechas por si alguien pudiera oírnos, pero en todo momento mi corazón no para de bombear con fuerza, como si tuviera que mover mucha más sangre de lo normal. Me pregunto si, con los nervios que tengo, eso podría estar pasando.

—**Es la hora** —anuncia Chloé en un momento dado.

Nos levantamos y nos vestimos rápido con unos tejanos y una sudadera que hemos dejado previamente preparados junto a la cama, todo de manera muy sigilosa. Prefiero que Adrián no me vea en pijama, si quiero seguir gustándole un poquito, como dice todo el mundo. Salimos en pantuflas para hacer menos ruido, y recorremos el pasillo y las escaleras que nos separan del ala de los chicos. La última vez que hice esto fue para llamar a casa desde el locutorio, cuando me encontré con Álex a la vuelta... Parece que hace una eternidad. Las luces titilantes de las lámparas que cuelgan de la pared guían nuestros pasos e iluminan los números de las habitaciones entre las sombras que ocupan

el resto del pasillo. Solo hay silencio, y el sonido de nuestra respiración acelerada que intento tragarme cuanto puedo. Al menos ningún otro ruido nos sobresalta, el castillo entero duerme. Tengo el corazón que parece que me vaya a salir por la boca.

—Es esta —susurra Chloé señalando el número 57 marcado en la puerta de madera.

Cojo aire y lo suelto lentamente para intentar tranquilizarme. Inspiro, espiro, inspiro, espiro.

—**¿Preparada?**

Asiento con un movimiento de cabeza, porque creo que si hablo no podré controlar la intensidad de mi voz, y entonces alguien me oiría y todo se vendría abajo. Chloé gira el pomo de la puerta y la abre con sigilo. Estamos ya dentro, en mitad de la habitación, plantadas, en total oscuridad, y yo empiezo a arrepentirme mucho de estar aquí, cuando oímos que alguien se mueve sobre la cama haciendo chirriar los muelles, y habla adormilado.

—¿Quién es?

Mi compañera me da un codazo para que responda y obedezco medio ahogada por los nervios que me invaden:

—**Soy yo, Julia.**

—¿Julia? —pregunta la misma voz, pero de repente sobresaltada y despierta—. ¿Qué haces aquí?

—He, hemos venido a verte —respondo titubeante antes de que se encienda la luz de la mesita.

La luz ilumina el torso y la cabeza de Adrián, sentado en la cama. **Está guapísimo con el pelo revuelto y los ojos hinchados del sueño.** Se frota la cara para desperezarse y sonríe; al fin sonríe, lo veo claramente.

—Pues bienvenidas —nos dice, y caigo en la cuenta de que no conoce a Chloé.

—Ella es Chloé, mi compañera de habitación.

—Ostras, **parecéis gemelas** —me suelta y yo lo miro extrañada, pero a Chloé parece gustarle el comentario y sonríe antes de responder:

—¡Ojalá tuviera una hermana como ella! —Y nos reímos los tres.

El compañero de habitación de Adrián sigue echado y se tapa la cara con la almohada, por lo que no veo de quién se trata, pero Adrián lo llama.

—Mati, despierta, están aquí Julia y una amiga suya. Ponte decente, hombre. —A continuación se dirige a nosotras otra vez—. Es de sueño profundo, como veis.

Los tres nos reímos otra vez, ya mucho más relajados.

El amigo de Adrián se remueve un poco más antes de incorporarse y mirarnos con los ojos entrecerrados.

—¿Ya es de día? —pregunta. Volvemos a reírnos.

Adrián sale de su cama y, cuando lo hace, no puedo evitar mirarlo de reojo. El pijama de rayas gris le marca la espalda ancha y musculada gracias al equipo de natación del que forma parte. **Me encanta la forma que le hace el cuello por detrás...**

Chloé me da un codazo y se ríe de mí cuando se da cuenta de cómo lo estoy mirando.

—¿Te traigo un pañuelo para que puedas babear tranquila?

—Calla, mala —le digo entre risas.

Sigo todavía un poco alerta, pero cuando Adrián regresa con unas bolsas de cacahuetes y me pide que me siente en su cama para luego sentarse él a mi lado, me relajo un poco y me alegro de haber hecho caso a Chloé y estar ahí, con ellos... **Supongo que a veces hay que arriesgarse y lanzarse a la aventura.**

A
El ensayo

Viernes. Nuevo ensayo. Nadia me desea suerte cuando me marcho, a pesar de que sigue sin saber adónde me dirijo. Me digo que quizá debería contárselo en algún momento, porque con su respeto empieza a merecérselo.

Ayer, cuando llegué y me preguntó qué tal me había ido, podría haberle explicado la verdad: que no podía haberme ido peor porque no solo mi familia me estaba obligando a ser la persona más falsa del planeta, una delincuente más, sino que yo había decidido dar la espalda a mi mejor amiga por su bien, y eso hacía daño, mucho daño. **Pero Nadia no me mira de forma rara, ni me juzga;** es amable conmigo y sus ojos son sinceros, y no quiero que eso cambie: prefiero que siga a oscuras con respecto a mí, al menos por el momento, no vaya a decepcionarla también a ella. Así que solo respondí que bien, antes de meterme en la cama sin

más, a pesar de que no conseguí conciliar el sueño hasta bien entrada la noche. Me sentía como en una rueda de hámster en la que te obligan a correr, y no puedes salir por mucho que quieras, por mucho que sea lo único que deseas hacer.

Desayuno temprano en el comedor de Vistalegre, tan temprano que solo estamos cuatro gobernantas que hablan sobre el orden del día que les espera y yo. Las oigo hablar del coloquio de la tarde anterior, de un par de reuniones que celebrarán a media mañana... **¡Cómo envidio una vida normal!** Y es que hoy estoy especialmente abatida... Desde que accedí a mentir por mi familia siento que no soy digna de Julia. Una falsa con problemas con la justicia, eso soy, como me repiten las notas cada día.

Estoy dando mi último bocado cuando distingo a mi madre a través de la ventana en la entrada del colegio. Me levanto como un resorte y, cuando llego a la puerta de Vistalegre, Carlota ya está allí hablando con ella. La directora me advierte que, aunque comprende mi situación, tendré que ponerme las pilas con las clases cuando esto acabe. Sé lo importante que es para ella no bajar la media de sus estudiantes y no me sorprende la amenaza velada.

—Si no llegas, tendremos que cambiar tu situación aquí, Alejandra.

Yo asiento porque no puedo decir nada más. Sé que,

si mis notas no me sacan de aquí, lo harán los recibos devueltos el año que viene, así que prefiero ir haciéndome a la idea de que mi vida va a cambiar todavía más, y no para mejor precisamente.

Me paso el viaje en coche escuchando las conversaciones de mi madre con su estilista. Mientras yo temo por mi futuro, ella le está encargando el traje que necesitará para el juicio de mi padre, dentro de siete días exactamente. Por mucho que trato de encontrarla, no consigo ver la tristeza que vi ayer en ella, y **me sorprende su gran capacidad para fingir**, aunque también me apena y me hace desear no parecerme a ella en nada.

—¡Bienvenidas! —nos saluda el abogado Raúl Viña en cuanto nos ve aparecer en su despacho acompañadas por su secretaria. Lo hace como si estuviéramos a punto de salir de excursión o de organizar una fiesta, y quizá para él sí que es el caso.

En cuanto tomamos asiento, nos pasa a mi madre y a mí una hoja llena de preguntas y respuesta, que me hace leer.

—**Revísalas y ahora empezamos a ensayar el tono.**

Asiento con desgana y creo que lo nota.

—Vamos, Alejandra, que esto está chupado. Estoy seguro de que aprenderás rápido.

Lo miro con los ojos entrecerrados. Estoy a punto de preguntarle por qué cree que se me va a dar tan bien

mentir cuando miro a mi madre a su lado y me la encuentro sonriente y feliz, o, mejor dicho, aparentemente feliz. Ahí tengo mi respuesta, algo de eso supongo que habré heredado.

Empiezo a leer lo que tengo delante:

PREGUNTA 1: ¿Recuerdas dónde estaba tu padre el pasado 5 de julio?

RESPUESTA1: Sí, habíamos salido a pasear por la playa y a merendar a nuestro sitio favorito.

PREGUNTA 2: ¿Dirías que en vuestra casa se gastaba mucho dinero?

RESPUESTA 2: Lo normal para una familia con una empresa propia que funciona y es próspera, pero nunca se ha malgastado ni un euro. Si no, que se lo digan a todas las ONG y asociaciones sin ánimo de lucro que han recibido ayudas de mi familia.

PREGUNTA 3: ¿Alguna vez has oído a tu padre discutir o meterse en algún lío?

RESPUESTA 3: Nunca, mi padre ha sido siempre una persona serena y cariñosa, siempre me ha ayudado en todo lo que he necesitado.

Cuanto más leo, más se me escapa la risa, porque ni una sola de estas respuestas están relacionadas con mi padre o conmigo, sino más bien con otras personas muy distintas a nosotros y a las que ni siquiera conozco.

—**Esto es ridículo** —se me escapa.

—¿Ridículo? —me pregunta mi madre apretando la boca—. Ridículo es que tu padre esté entre rejas. ¿No te parece?

Cojo aire y lo suelto lentamente antes de responder, a ver si consigo explicarme bien.

—**Todo lo que estoy leyendo es completamente mentira**, no se acerca ni un poco a nuestra realidad.

—Como ya te dije, la verdad...

—Sí, es relativa. Pero cuando leo que mi padre siempre ha estado dispuesto a ayudarme en todo lo que he necesitado... **No es una verdad relativa, es mentira, porque nunca ha estado ahí para mí, señor, ¡NUNCA!** —remarco esta última palabra para que quede clara.

—¿No ha estado para pagarte todas tus facturas? —me pregunta el abogado con voz algo molesta.

—Sí, pero...

—¿No ha estado para darte la mejor educación? —vuelve a preguntarme Raúl Viña en tono un poco impertinente.

—Sí, bueno...

—¿Entonces? ¿Crees que eso lo tiene cualquiera? No, señorita, hay muchas chicas que no tienen la suerte de poder comprarse lo que quieren ni estudiar en el mejor lugar porque sus padres no quieren dárselo, pero tu padre sí, tu padre se preocupaba por que tuvieras todo eso. Y eso es bueno, ¿no? ¿No es eso una manera de estar ahí para ti?

Me encojo de hombros y agacho la cabeza. Pues sí que se puede disfrazar la verdad, parece.

—Empecemos, entonces —anuncia Raúl Viña, ya

imparable. Parece que hasta este momento me había mostrado su cara más amable, pero ahora que hay que pasar a la acción ha decidido enseñarme la auténtica, la de «al ataque», con la que pretende salvar a mi padre—. Yo pregunto y tú respondes.

—Sí, señor —digo un poco sarcástica, pero él no se lo toma a mal, más bien lo contrario, parece que le gusta el tono militar, porque asiente sin más y comienza el interrogatorio.

—**¿Crees que tu padre es un delincuente?** —Para mi sorpresa, es una de las cuestiones que están al final de la lista; veo que no va a seguir el orden.

Leo la respuesta en voz alta tal cual está escrita, sin errores.

—Mi padre no es un delincuente, solo se preocupa de que sus clientes obtengan los mejores rendimientos, siempre los cuida y les da lo que le piden. Yo lo he visto irse a dormir a las tantas de la madrugada después de haber estado hablando con alguno de ellos, porque él es así de entregado, tanto con su familia como con sus clientes; para él estamos en el mismo nivel.

Cuando termino, miro a Raúl Viña, que me observa mordiéndose las comisuras de la boca, algo nervioso.

—Vale, **ahora con sentimiento** —me exige.

—¿Con sentimiento?

—Sí, habla como si te creyeras lo que estás leyendo.

Vuelvo a posar mis ojos en la hoja, trago saliva y

modulo un poco la voz para dar entonación al texto. Recuerdo las lecturas de poesía en las clases de literatura, la importancia del ritmo, de la entonación... Y me esfuerzo por convertir ese texto en un ejercicio de clase, porque al final no es más que eso. Cuando termino y noto la mano de mi madre posada encima de la mía, sé que lo he hecho bien. Miro al abogado para confirmarlo y él me responde enseguida.

—**¿Ves cómo sí sabes mentir?** —me pregunta con mirada fría y media sonrisa, y a mí se me ponen los pelos de punta.

Resulta que, por mucho que me disguste, por mucho que pretenda luchar contra ello, no soy tan distinta de mis padres... Puedo ser tan falsa como ellos.

J
Bastantes problemas

Echo de menos a Álex. No la veo más que de refilón por los pasillos muy de vez en cuando, e incluso entonces parece que me evita. Pensaba que el fin de semana podríamos hablar, porque hicimos una salida al pueblo, pero ni siquiera vino... Estuve todo el día por ahí con Chloé, y nos divertimos, pero cuando pasé por delante del fotomatón en el que me hice aquellas fotos tan divertidas con Álex hace meses no pude evitar sentir una **mezcla explosiva de emociones: triste, enfadada, confusa y frustrada**, porque no entiendo nada. No entiendo por qué mi mejor amiga me ha dejado de lado sin darme ninguna explicación. Sé que como mínimo tengo a Chloé conmigo, pero aun así... echo de menos a Álex. Y, para variar, hoy tampoco la he visto en el desayuno cuando he bajado con Chloé. **No sé en qué andará metida; quizá ha vuelto a las andadas...** Chloé me dice que por eso precisamente no la

veo, que es posible que vuelva a formar parte de la Sociedad del Candado Dorado, a pesar de que yo no la he visto rondando a Irene. **Según Chloé, las personas no cambian, solo se adaptan a las circunstancias, como la serpiente que va mudando sus distintas pieles.** Imaginar a Álex como una serpiente me provoca escalofríos y me rompe más todavía el corazón. ¿Y si se ha deshecho de la piel que la unía a mí y ahora tiene otra que le viene mejor? En eso estoy pensando cuando María, la profe de Matemáticas, al acabar la clase de hoy, me llama a su mesa. Chloé intenta quedarse también, para acompañarme, pero María le dice que salga afuera porque quiere hablar conmigo a solas, lo que me pone un poco nerviosa. ¿He hecho algo mal sin darme cuenta? Quizá es por haber estado un poco despistada en la clase de hoy...

—**¿Tú sabes qué le pasa a Álex?** Hace días que no viene a clase y la he visto un poco rara por aquí —me dice cuando ya ha salido todo el mundo, y me sorprende la pregunta porque parece que me haya leído la mente.

—No, hace días que no sé nada de ella —le confieso, encogiéndome de hombros.

—¿Ya no salís con los caballos? —pregunta sorprendida, y tengo la sensación de que me está hablando de una vida pasada.

—No, ya le digo que casi no he hablado con ella desde que llegamos.

María frunce el ceño y me mira extrañada.

—Pensaba que erais buenas amigas.

—Yo también, pero de repente empezó a pasar de mí —digo, agachando la cabeza y sin poder disimular mi enfado.

—No es muy típico de Álex, la verdad.

—Eso pensaba yo. —Inconscientemente dirijo mis ojos a la puerta, donde veo a Chloé observándome a través de la parte acristalada.

María me imita antes de preguntarme:

—¿Chloé y tú sois hermanas, familia o algo así?

—No, ¿por qué?

—Bueno, porque os parecéis mucho, no sé. Aunque a ella no se le dan tan bien las matemáticas como a ti —bromea al final, y yo sonrío agradecida.

—¿Puedo irme ya? —pregunto. Chloé me está haciendo un gesto con la cabeza para que salga. Debe de haberse creado ya una buena cola en la puerta del comedor.

—Sí, claro. Gracias, Julia.

—De nada, profesora.

Cuando llego a la puerta, Chloé, curiosa, me pregunta por la conversación con María.

—No era nada. Solo me preguntaba por Alejandra...

—¿A ti?

—Sí.

—Ni que fueras su cuidadora... **Ya es mayorcita para saber lo que hace** —dice, como si le hubiera molestado incluso, y me extraña verla en ese plan tan negativo

cuando siempre está de broma. Me pregunto si le preocupará algo...

—Supongo —respondo un poco extrañada.

Caminamos juntas al comedor para coger unas bandejas y sentarnos en nuestra mesa. De lejos veo a Adrián y lo saludo, me hace un gesto para que vayamos con ellos, pero cuando se lo propongo a Chloé, me dice que prefiere que comamos solas para poder hablar tranquilas de todo, lo que me hace pensar que realmente algo le preocupa. Así que le acabo diciendo a Adrián que no con la cabeza porque no quiero obligar a Chloé a hacer algo que no le apetece, y me siento con ella en nuestra mesa de siempre. **Como tengo a Adrián a la vista, cuando me mira le saco la lengua de broma y me dedica la sonrisa más preciosa del mundo.**

Después de ir aquella noche a su habitación, me siento un poco más cerca de él y me encantaría pasar más tiempo a su lado, hablando y observando esos rasgos tan perfectos; sin embargo..., no puedo, no ahora, quizá en otro momento. **Y es que no soy de las que dejan a una amiga tirada por un chico, por mucho que me guste, que es muchísimo.** Así que ahora me centro en Chloé y le pregunto si está bien.

—Sí, solo... me ha parecido que quizá querías hablar de lo de Álex, de lo que te ha dicho María. **¿Hay alguna novedad de su caso? Del juicio, digo.**

Me sorprende que quiera estar conmigo para justo

preguntarme eso, pero tampoco es tan descabellado teniendo en cuenta que lo del padre de Álex ha salido en todas las noticias.

—Ni idea... La profe solo quería saber si yo sabía algo, y cuando le he dicho que no, se ha extrañado.

—¿Y estás bien?

—Sí, solo que... **es raro que Alejandra no vaya ni a clase.**

—Tendrá algo mejor que hacer —dice rotunda.

Me encojo de hombros porque probablemente tiene razón, como siempre. Se ha establecido una especie de rutina entre nosotras, porque me paso los días con ella dentro y fuera de la habitación, o en clase, o estudiando en la biblioteca, o paseando por los jardines. Tiene

una letra preciosa cuando escribe, redonda y clara, y le he cogido el gusto a completar mis apuntes con los suyos, bastante detallados. Hasta me he acostumbrado a ese boli que le gusta tanto usar para los apuntes mientras estudiamos juntas, de tinta verde, que no podía ser más cantón. Cuando me meto con su boli, ella siempre sonríe y me recuerda que el verde es el color de la esperanza, y que por eso le gusta tanto.

Menos mal que la tengo a ella porque, si no, me habría quedado sola otra vez en este lugar que está tan lejos de casa. Y sin embargo... Se me ha quedado una cosilla ahí en la cabeza dando vueltas tras mi conversación con María, porque no deja de ser extraño que una profesora se preocupe de esa manera por una alumna. Así que cuando terminamos de comer le digo a Chloé que voy a ir a buscar a mi gobernanta, a Lea, para hacerle algunas consultas y que ya la veré en clase más tarde. Se despide de mí de mala gana, se lo noto, pero necesito hablar con alguien más sobre lo que está pasando y averiguar si solo me parece raro a mí. Y es que **¿qué otra cosa puede tener que hacer Alejandra que le impida ir a clase?** Ella quiere seguir en este internado, estudiar y sacar buenas notas, si hasta había empezado a cogerle el gustillo a las matemáticas... **¿Qué le estará pasando?**

Encuentro a Lea en el jardín junto a unos olivos, leyendo un libro. Es el sitio que más le gusta de todo el colegio, lo sé porque me lo ha dicho más de una vez.

Al verla soy consciente de que no hablo con ella desde antes de Navidad, y me siento mal por ello.

—¿Está interesante? —le pregunto despertándola de su ensimismamiento, y al verme se le dibuja una sonrisa en la cara y cierra la novela.

—Bueno, bueno... La desaparecida. Ya no te veo nunca —dice con un tono de reproche camuflado.

—Pues no me he ido a ningún sitio...

—Ya, pero ni siquiera te pasas por los coloquios a charlar un rato —dice meneando su larga coleta, morena y tirante—. **Últimamente te veo con otra chica.** —Entrecierra los ojos sin acabar la frase porque no debe de saber cómo se llama.

Niego con la cabeza antes de responder:

—Sí, con Chloé, y perdón, sé que he estado un poco ausente, pero es que han pasado cosas...

—¿Qué clase de cosas? —me pregunta Lea inclinando la cabeza en un gesto interrogativo.

Tomo asiento a su lado y me miro las manos buscando las palabras adecuadas.

—**Álex y yo nos hemos... distanciado.**

—Bueno, las amigas discuten, es normal.

—Pero lo raro es que ni siquiera hemos discutido. Solo... hemos dejado de vernos.

Lea frunce el ceño extrañada.

—**¿No has hablado con ella sobre lo que le pasa?**

—No.

Mi gobernanta coge aire y lo suelta lentamente.

—**Tenéis que hablar, Julia. Eso es lo principal.**

—Sí, es verdad... Pero cuando lo he intentado, nunca la he encontrado. Y hoy me he enterado por María, la profe de mates, de que ni siquiera va a clase.

Lea abre los ojos muy sorprendida. Ella, la alumna aplicada, ordenada y perfecta, no comprende cómo alguien puede faltar a clase sin un motivo de muchísimo peso.

—Para faltar a clase tiene que tener algún permiso de alguien, de la directora o de algún profesor.

—¿Y si no?

—Si no, le llamarían la atención y la expulsarían.

Asiento, comprendiendo que hay algo más que se me escapa.

—El otro día vi a su madre en la puerta del colegio —dice de pronto Lea arqueando las cejas, como recordando algo.

Me sorprende la información, porque lo último que sé es que Álex y su madre estaban bastante distanciadas.

—¿Y qué hacía aquí?

—No soy adivina, Julia, no lo sé...

Entonces suena el timbre y Lea se pone de pie de un salto, dispuesta a acudir puntual como siempre a su clase.

—Así, ¿te veo mañana en el coloquio?

—Vale, intentaré pasarme —contesto. La verdad es que charlar con ella y compartir chocolate y pastas durante esos ratitos de descanso solía sentarme muy bien y me apetece recuperar esos momentos. Parece que últimamente solo hablo con Chloé...

—**Trato hecho** —me dice alargando la mano, y yo me río.

Me despido de Lea con más preguntas de las que ya tenía, y me paso el día dando vueltas a las nuevas informaciones que acabo de recibir. No estoy muy atenta en las clases de la tarde, ni durante el estudio en la bi-

blioteca con Chloé. Incluso me cuesta conciliar el sueño por la noche... Tanto que se me hacen las tantas, y como estoy despierta soy testigo de algo que no esperaba... Para nada.

Chloé sale de su cama sigilosa, sin preguntarme si estoy despierta, porque creo que da por hecho que no lo estoy. Como hicimos juntas la otra noche, se coloca rápido ropa de calle y sale por la puerta. Me quedo con la mosca detrás de la oreja, porque pensaba que la otra noche era la primera aventura nocturna en la que se embarcaba, y que lo hacía por mí... Antes de eso sí que la había visto salir alguna que otra vez, pero daba por hecho que era para ir al baño, porque salía en pijama y regresaba enseguida. **¿Acaso he sido demasiado ingenua?**

Lo cierto es que mientras regresábamos de la habitación de Adrián el otro día, ella iba tan tranquila, como si estuviera acostumbrada a moverse por los pasillos en plena noche, pero yo le dije que no volvería a repetirlo. Porque, por mucho que me lo hubiera pasado bien al final, había estado todo el rato con el corazón a punto de salírseme por la boca, con miedo a que nos pillaran y a que todo mi futuro en este internado de élite se viniera abajo. **Además, lo de saltarme las reglas es algo que no va conmigo.** Me pasé los días siguientes sintiéndome un fraude de persona, porque yo no soy así, no me educaron para saltarme la ley, y no quiero

seguir haciendo cosas que no son propias de mí por mucho que pasara un buen rato...

Quizá por eso hoy Chloé no me invita a acompañarla, pero tampoco entiendo adónde va ella sola. Tal vez le gusta algún chico y no me lo ha contado, así que decido seguirla para averiguar adónde va, porque si ella lo sabe todo de mí, no sé por qué no puedo yo saberlo todo de ella. Me coloco una bata encima del pijama para no pasar frío y salgo unos segundos después de ella.

Sin perderla de vista, sigo sus pasos por los pasillos, por las escaleras. Cuando se vuelve para comprobar que está sola, yo me encajo ante la puerta de una habitación aguantando la respiración para que no me vea, y cuando continúa, yo también lo hago, imitándola. En el ala de los chicos, alguien la espera en un pasillo, junto a los lavabos, y empiezan a susurrarse cosas y a reírse juntos, cómplices. **Cuando pasan por debajo de una de las luces, doy un bote al comprobar que el chico que la acompaña no es otro que Adrián. MI ADRIÁN.**

Noto que me hierve la sangre, y un calor abrasador se expande rápido por todo mi cuerpo: es ira, es furia. **¿Por qué queda con Adrián a solas cuando sabe que es el chico que me gusta?** Cierro los puños conteniéndome las ganas de gritarles a los dos, pero en lugar de ello, los sigo cuando avanzan juntos hasta un rincón al final del pasillo. Me quedo a la vuelta de una esquina para permanecer oculta, y voy sacando la cabeza para no

ALA B

perderlos de vista. De repente han empezado a hacerse cosquillas y a reírse, y en uno de los movimientos, veo que Chloé avanza un paso hacia él y lo besa en los labios. Me quedo helada, bloqueada, petrificada... Me cuesta incluso respirar, como si todo mi cuerpo se estuviera cortando como la leche. Adrián no se separa, sino que parece que recibe el beso encantado y se queda observándola en la oscuridad.

No consigo ver muy bien qué hacen después porque estoy en shock. **¿Por qué iba a dedicarme miraditas Adrián si le gusta otra? ¿Y ella?** La que parecía mi amiga... ¿Acaso Chloé solo ha estado aprovechándose de mí para acercarse a él? Estoy tan enfadada que decido llamarlos para que se enteren de que estoy aquí, de que lo sé todo, de que no soy ninguna tonta a la que engañar.

—**¡Eh!** —grito en ese momento, y mi voz queda amortiguada por la de otra persona, más potente, más adulta, y que se acerca por el otro lado del pasillo, alguien que nos enfoca a todos con una linterna.

—**¿Qué hacéis aquí? Acabáis de meteros en un buen lío** —dice el guarda, socarrón, iluminándonos a los tres, a Chloé y Adrián más cerca y a mí unos pasos por detrás de ellos. El hombre nos acaba de pillar infraganti. Y a continuación, a través de su walkie-talkie, pide a alguien que dé aviso a la directora del centro.

Chloé y Adrián me miran con cara de susto, pero yo

no abro la boca. Solo niego con la cabeza, enfadada. Encima, nos han pillado... Me maldigo por todo, por estar en este pasillo, por confiar en Chloé y en Adrián, **por poner en peligro mi futuro y mi única oportunidad de estudiar en un lugar como este. Si me echan, si no me renuevan la beca..., no me lo perdonaré nunca. Y mis padres tampoco.**

Cuando Adrián hace por acercarse a mí para decirme algo, el guarda lo frena y le obliga a volver a su habitación; a él sí se lo permite, él sí está en el ala del castillo adecuada, pero a Chloé y a mí nos arrastra hasta el despacho de Carlota. Al tener a Chloé más cerca, confirmo que lleva puesta una sudadera mía, una bastante sencilla, pero estoy tan enfadada por su

traición con Adrián que el hecho de que me haya cogido ropa sin permiso me parece lo de menos. **Recorremos el camino en silencio.** Yo dirigiendo miradas de rencor a Chloé y ella esquivándolas. Que no intente siquiera darme una explicación me hace pensar que todo esto le da igual, que yo le doy igual.

Al entrar en el despacho de la directora Carlota, nos la encontramos en pijama y bata, el pelo alborotado y una expresión furibunda, sentada tras su escritorio. Es evidente que por nuestra culpa han tenido que despertarla y sacarla de la cama con lo puesto.

—**Nos vemos otra vez, Julia...** —me dice cruzando las manos sobre la mesa, y yo asiento—. En cambio, a ti es la primera vez... —Deja la frase en el aire, porque parece no acordarse del nombre de mi compañera de cuarto.

—Chloé. Chloé Matriani —responde ella sin amilanarse.

—Sabéis que está prohibido ir al ala de los chicos, igual que ellos tienen prohibido ir a la vuestra. **¿Qué hacíais allí?**

—Hablar —responde Chloé sin más, y yo prefiero callar, porque mis motivos son bien distintos.

—Ya, pues os recuerdo que «hablar» también está prohibido a altas horas de la madrugada. **Como castigo por vuestro comportamiento intolerable, tendréis que pasaros dos horas en el aula de estudio cada tarde,** por

lo menos durante quince días. Allí os hablarán de respeto y ética, valores que parecéis haber olvidado.

—Vale —responde Chloé tranquila, como si le diera completamente igual el castigo y todo lo que nos está pasando a las dos. Tengo la sensación de que no la conozco, de que no es la persona con la que he pasado día y noche durante la última semana y media, la persona que vivía preocupada por mi bienestar y me hacía reír cuando lo necesitaba.

—**Os vigilarán, y si volvéis a romper alguna regla, el castigo será peor...** —advierte Carlota, como si tratara de romper el escudo con el que parece protegerse Chloé.

—Vale —responde ella imperturbable.

Entonces la directora, consciente de su nulo poder sobre mi compañera, busca otra vía de imponerse, y posa sus ojos sobre mí, la que se encuentra en una postura mucho más débil, y sé perfectamente lo que viene a continuación.

—**Supongo que no tengo que recordarte que estás aquí con una beca, Julia.** Y que si tus notas bajan y no alcanzas el nivel exigido, la perderás.

La amenaza flota en el aire como una flecha a punto de clavarse en la diana, y yo cierro los ojos, consciente del lío en el que me encuentro. La impresión me eriza la piel y procuro responder solícita.

—**No, directora. No tiene que recordármelo.**

—Perfecto, podéis iros —dice la directora, indicándonos la puerta y pidiendo al guarda, que se había quedado fuera del despacho a la espera, que nos acompañe a nuestra habitación para asegurarse de que no volvemos a escaparnos.

De nuevo, el trayecto lo realizamos en silencio, un silencio que pesa y nos aplasta, pero yo ya no miro a Chloé; pienso en la mala suerte que tengo, en que no solo mi estancia en este internado pende de un hilo, sino que acabo de perder a la única amiga que me quedaba.

El guarda nos abandona en la puerta de nuestro cuarto y nos recuerda la amenaza de la directora antes de marcharse.

—**¿Por qué me has hecho esto, Chloé?** —le pregunto cuando ya estoy metida en mi cama.

Ella me mira por primera vez desde que nos han descubierto, parpadea y, como si estuviera a punto de hacerse pedazos, su voz suena frágil como una pluma:

—**Solo... quería saber lo que era ser tú. Tú no tienes mis problemas.** —Y sin más, apaga la luz, dando por finalizada la conversación.

Me quedo petrificada, clavada sobre el colchón durante unos segundos. Mi respiración resuena en medio de la oscuridad en la que nos hemos quedado, dando voz a todas las preguntas que se me quedan trabadas en la garganta sin respuesta. **¿Por qué quiere Chloé ser yo, que no soy nadie?** Ha dicho que tiene problemas, pero desde que la conozco no me ha parecido que tuviera ninguno; además, problemas tenemos todos, ¿no? Entonces pienso en el interrogatorio al que me sometió cuando nos conocimos, y en todas las coincidencias que se han ido fraguando en los últimos días, y que probablemente no lo eran: el corte del flequillo, el pelo liso, las matemáticas, los gestos, la sudadera que me ha cogido, María preguntándome si éramos familia... Ahora entiendo que de coincidencias nada, porque lo de parecer hermanas había sido su plan desde el principio. **La pregunta es... ¿por qué?**

A
Un fraude de persona

—No me mires así —me dice Adrián cuando le devuelvo una mirada inquisidora.

—¿Cómo quieres que te mire? **Me acabo de enterar de que te has enrollado con la compañera de cuarto de Julia...**

Matías y Sergio miran a su amigo negando con la cabeza y le sueltan algún exabrupto, echándole ellos también la bronca. Y es que me dan ganas de saltar encima de Adrián, pero su cara de circunstancias me da a entender lo arrepentido que está de todo.

Estamos en el comedor desayunando tostadas y zumo, y acaba de contarme lo que pasó anoche con Chloé, Julia y el guarda. Yo estoy que no me lo creo. Es como si de repente todo el mundo se hubiera vuelto loco y estuviera haciendo cosas que no le corresponden, como beber aceite o comer cemento. **¿Qué ha pasado estos días que yo he estado ausente?** Ahora tengo

que subirme al coche de Sam para pasarme varias horas en el despacho de Raúl Viña, y mañana es ya el gran día, el juicio de mi padre, mi momento de cometer perjurio para liberar a una persona que en realidad ni conozco, pero procuro centrarme en lo que me está contando Adrián para recuperar un poco de mi vida, de la normalidad, y dejar de sentirme como el fraude que parece que soy... Además, hoy por suerte no he tenido ninguna notita que me recuerde que soy lo peor (como si no tuviera suficiente con decírmelo yo misma). Algo es algo, ¿no?

—Yo no quería, Álex, **me pilló por sorpresa** —dice Adrián con la cara roja como un tomate.

—Ya, eso dicen todos... —respondo, porque tengo la paciencia un poco agotada estos días.

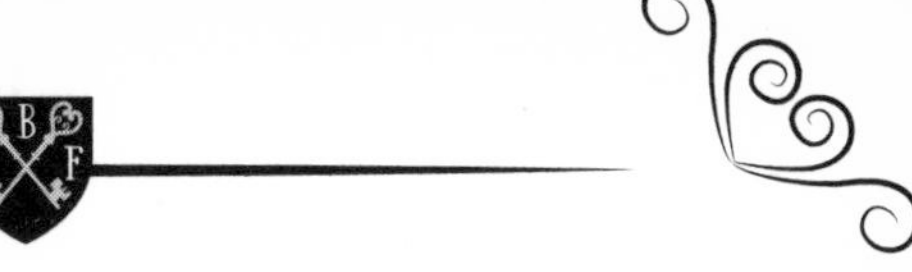

—No, de verdad. Deberías haberla visto. Creo que a Chloé le pasa algo.

—Sí, le pasa que está buena y que le gustas tanto que ha estado maquinando y utilizando a su amiga para tenerte, será eso —suelta Matías empujándose sobre el puente de la nariz sus gafas de pasta mientras Sergio se ríe dándome un codazo.

—No, no es eso... Es algo... **raro**.

Adrián frunce el ceño y cabecea reflexivo.

—¿Algo como qué? —pregunto intrigada.

—No lo sé. Cuando la vi en el comedor ayer, me dijo que vendrían ella y Julia a verme por la noche y a charlar un rato, como ya hicieron la otra vez. Pero quedamos en el pasillo, para no despertar a Matías —que le da las gracias con una sonrisa antes de seguir comiéndose la pasta—. Sin embargo, **apareció ella sola**, y se mostró mucho más cariñosa que nunca, superabierta, y empezó a tocarme y a hacerme cosquillas... No sé, y de repente me dio un beso, y yo me quedé paralizado sin saber qué hacer. Levanté la mano para pararla, pero ella la cogió tope cariñosa y sonriente, como si..., no sé, como si quisiera explicarme algo, y entonces fue cuando vino el guardia y apareció Julia, y... ufff... —Adrián niega con la cabeza y se agarra el pelo castaño con las manos visiblemente agobiado.

Me da tanta pena que acabo palmeándole la espalda para que se sienta un poco mejor.

—Si tú no querías, díselo a Julia...

—¿Cómo? En cuanto me ve, huye de mí como si fuera un monstruo. La he visto cuando bajaba a desayunar y ha dado media vuelta. —Aprieta la boca como si estuviera a punto de hacer un puchero.

Se me escapa la risa por lo catastrófico que se pone.

—No me hace gracia...

—A mí tampoco, pero ya verás cómo consigues hablar con ella y lo entiende... —Le acaricio la espalda, con cariño. Adrián es un buen chico y no merece pasar por nada malo, pero ahora mismo estos problemas me parecen una chorrada en comparación con los míos, no puedo evitarlo...

Él levanta la cabeza para clavarme sus ojos tristes y me pregunta:

—**¿Tú no podrías...?** —Se queda con la frase inacabada, imagino que por la cara que pongo.

Miro a Adrián con los ojos muy abiertos, como si estuviera delante de algo imposible: un caballo con cabeza de pájaro o algo así, y niego rotunda.

—Digamos que... tengo bastantes problemas, y últimamente no estoy viendo mucho a nadie, tampoco a Julia.

Cojo aire y lo suelto haciendo ruido.

—**¿Qué problemas tienes, Álex?** —me pregunta Sergio con esa vocecilla que va acorde con su estatura, más bien corta.

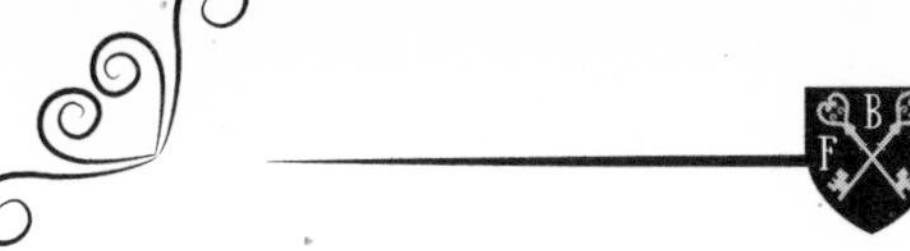

Me doy cuenta de que hasta ahora he optado por no hablar con nadie que no esté implicado en el juicio de mi padre y que esta es la primera vez que lo voy a hacer. **Mañana es el gran día y es absurdo seguir ocultándolo**, y más a Adrián, que es lo más cercano que tengo ahora a un amigo. Como es largo de explicar, pienso en la mejor manera de conseguirlo, breve y sin dramatismos, para que no vean más allá, quizá porque me da vergüenza que sepan la clase de persona que soy en realidad al aceptar el plan de Raúl Viña.

—**Mañana es el juicio de mi padre y tengo que testificar a su favor, algo que no me apetece mucho** —digo rápida e indolora, como cuando te quitas una tirita.

—¿Mañana es el juicio? —pregunta Adrián con voz demasiado alta y se tapa la boca como si hubiera hecho algo mal.

Por suerte, los demás estudiantes están todavía demasiado dormidos como para darse cuenta de qué va nuestra conversación, y nadie nos mira.

—Perdón —me dice flojito, y yo le quito importancia.

—Tranquilo, mañana saldrá en todas las noticias, esto solo es un pequeño avance... —Sonrío amargamente.

—¿Y por qué tienes que testificar tú? ¿Sabías algo de...? —pregunta Matías sin acabar la frase, cuyo final sería: sus delitos. Entiendo que le dé un poco de cosa decirlo.

—No, la verdad es que no. —Niego rotunda con la cabeza—. **Tengo que decir algunas tonterías para limpiar su imagen y ya está.** —Hago un gesto con la mano como quitándole importancia; es mejor que no sigan preguntando porque no les va a gustar lo que van a encontrar.

—Le echarás de menos y tendrás ganas de que salga ya... —suelta Sergio, y yo me quedo pensando en que debería ser así, sí, pero no es para nada el caso.

No se puede echar de menos a alguien que nunca has tenido cerca. Así que, como no estoy todavía en el juicio y no tengo por qué mentir, como respuesta solo me encojo de hombros. Los chicos me miran asintiendo, sin añadir o preguntar nada más, quizá porque han empezado a entrever las sombras y prefieren alejarse de ellas, no vaya a ser que los envuelvan también.

—¡Alejandra! Te están esperando... —me dice Carlota de pronto desde la puerta del comedor, y me hace un gesto con la mano para que salga ya.

—Me tengo que ir —les digo a los chicos, dando un último trago a mi zumo de naranja y poniéndome de pie.

—**Suerte...** —dice Adrián en un gesto preocupado que yo le agradezco.

—**Suerte para ti también** —contesto con una sonrisa triste, y me alejo de ellos con un nudo en el estómago. Lo que daría por quedarme en esa mesa y pasar el resto del día como los demás estudiantes...

En cambio, me meto en el coche de Sam y me preparo para una nueva jornada de mentiras y tirones, de sentirme como alguien que no quiero ser.

J
Demasiado tiempo perdido

Tengo la cabeza como un bombo. Carlota ha decidido que Erika, la profesora de Ética, será la que todas las tardes, tras las clases, estará durante dos horas enteras hablando con Chloé y conmigo de valores, de leyes, de castigos... Temas que no me hacen falta, porque **yo siempre he tenido muy presente lo que supone romper las reglas**, y lo que me lleva a no hacerlo no es tanto el castigo que pueda recibir, que también, sino el sentimiento de culpa que se instaura en mi pecho y que me resulta insufrible.

Cuando salgo de la clase, Chloé pasa por delante de mí y se marcha. No hemos vuelto a hablar desde anoche. Cuando esta mañana me he despertado, ella ya se había ido, y en las clases hemos actuado como dos auténticas desconocidas. **Así que vuelvo a estar completamente sola en este lugar.**

Lo único que quiero es irme a la habitación, pero si

Chloé está ahí tampoco es el sitio más cómodo del planeta, así que decido que lo mejor es irme un rato a la biblioteca hasta que llegue la hora del coloquio. Le prometí a Lea que me pasaría hoy e intentaré cumplir mi palabra; además, hablar con ella probablemente me siente bien. Pero primero tengo que avanzar los trabajos pendientes, porque, aunque me hayan metido estas dos horas extras de información inútil, los deberes tengo que seguir haciéndolos igual. Y la semana que viene ya tenemos unos cuantos exámenes... Estoy pensando en todo lo que me tengo que preparar de las distintas asignaturas cuando desde lejos, en la puerta de la biblioteca, distingo la figura de Adrián hablando con Sergio y Matías. Está tan concentrado en su conversación que él de momento no me ve. **El corazón me da un vuelco, uno tan fuerte que hasta duele.**

Me planteo dar media vuelta, igual que he hecho esta mañana, para evitarlo, porque se me hace demasiado insoportable tenerlo delante sabiendo lo que me ha hecho, porque solo hace que recordarme la imagen de ese beso que se dio con Chloé anoche, su traición. Pero quiero ir a la biblioteca y no voy a desviarme; ya me siento como si me hubieran echado de mi habitación, y no puedo permitir que me ocurra lo mismo con la biblioteca, así que sigo caminando. **Centro los ojos en el suelo, ignorando totalmente su presencia; sé que puedo hacerlo, soy fuerte y confío en mí misma**, de ma-

nera que sigo haciendo que no lo veo, también cuando noto sus ojos posados en mí, y acelero el paso para que el mal trago con sabor amargo pase rápido. Lo estoy consiguiendo, ya tengo un pie dentro de la biblioteca, y el otro, ahora solo tengo que encontrar una mesa disponible...

—**Julia** —oigo justo detrás, y freno de golpe.

Podría seguir caminando y fingir que no lo he oído, pero no sé por qué no puedo. De nuevo, será mi educación. Cuando alguien te llama, contestas al menos. Así que me vuelvo un segundo solo para responderle:

—**Déjame en paz.**

Y continúo con mi objetivo, buscar un sitio libre en este lugar atestado de gente que, como yo, quiere estudiar un poco. Pero Adrián no se da por vencido y decide caminar conmigo.

—Tengo que hablar contigo un momento —me susurra cerca.

Dejo la mochila con los libros sobre una mesa libre y me siento sin contestar. Entonces lo miro para confirmar que sigue ahí, a mi lado, y trato de ignorar lo bien que huele, lo cerca que está de mí, la manera en que me miran sus ojos verde botella... Y le respondo con toda mi mala intención:

—Pero yo no quiero, y si uno no quiere... —digo nerviosa, tensando la boca.

Adrián se inclina sobre mi silla para volver a hablarme con el mismo tono susurrante:

—No es sobre mí, creo que hay algo que debes saber sobre Álex.

Lo miro extrañada esta vez, porque no sé a qué viene ahora hablarme de Álex. Pero oír su nombre me pone en alerta, no puedo evitarlo.

—¿Qué pasa con Álex? —pregunto con el mismo tono que si le estuviera dando una bofetada.

—Ya no habláis, ¿no?

Niego con la cabeza, porque es así. Tras mi conversación con Lea ayer me quedé dándole vueltas a qué podía estar viviendo Álex para que faltara a clase y nadie supiera de ella, pero con lo de Adrián y Chloé he tenido la cabeza demasiado ocupada y no he vuelto a pensar en ello.

—Pues creo que deberías saber que mañana es el juicio de su padre.

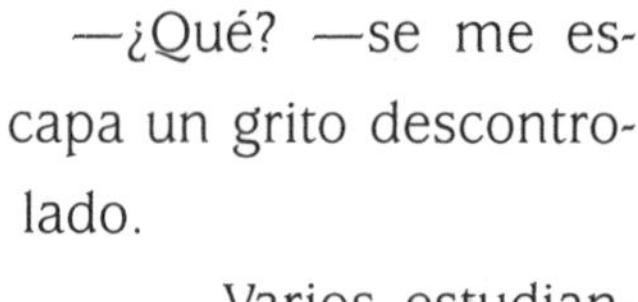

—¿Qué? —se me escapa un grito descontrolado.

Varios estudiantes de mi alrededor me chistan para que me calle, pero no puedo, porque lo que acabo de oír es demasiado fuerte.

—Lo que oyes. **Lleva una semana ensayando con un abogado porque va a tener que testificar.**

—¿Ella? ¿Por qué? —vuelvo a gritar poniéndome de pie, revolucionada, y me da igual que me miren mal.

—Es mejor que hables con ella, Julia —me aconseja Adrián en el mismo tono conciliador, sin perder la calma, a pesar del escándalo que estoy montando.

Ni siquiera me despido de él. Cojo la mochila y echo a correr como si no hubiera minuto que perder hacia la habitación de Álex, la que era nuestra, porque me doy

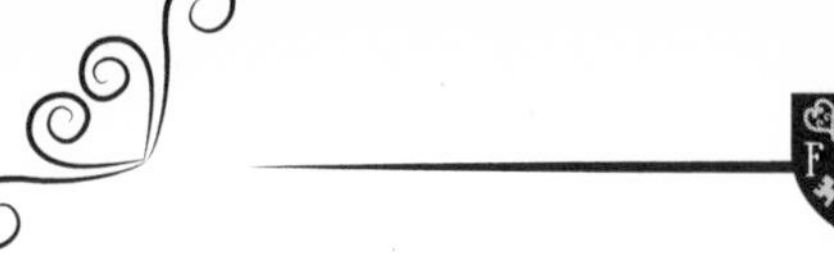

cuenta de que, efectivamente, demasiado tiempo hemos perdido ya. Así que era eso lo que la tenía lejos de todo, incluida de mí..., el juicio de su padre. **¿Cómo no he caído después de oír la noticia en la radio el día de nuestra llegada?** Con cada zancada me maldigo por no haberme enterado de lo que le sucedía a mi amiga. Aunque no haya hablado con ella en días, la quiero, y sé lo mal que lo ha pasado, y que lo sigue pasando, con todo lo de su familia. Nunca había visto una cara tan triste como el día en que en las noticias informaron sobre el caso de su padre cuando estábamos en casa con mi familia... Por mucho que mi padre cambiase de canal, ella mantuvo la sombra de la decepción en su expresión el resto del día. Se me rompe el corazón cuando pienso en lo sola que ha debido de sentirse todos estos días mientras yo pensaba que se lo pasaba pipa con sus nuevas amigas gracias a los comentarios de Chloé... ¡Maldita Chloé! Me ha cegado de mala manera, aunque tampoco puedo echarle toda la culpa a ella..., yo tampoco lo he hecho bien. **Debería haber sabido que algo le ocurría y no debería haberlo dejado pasar...**

Ya delante de su puerta, coloco la mano en la madera para llamar antes de entrar. Respiro hondo para tranquilizarme y no parecer una histérica. Oigo un «adelante» y abro.

—¡Hola! —me saluda una chica que no es Álex.

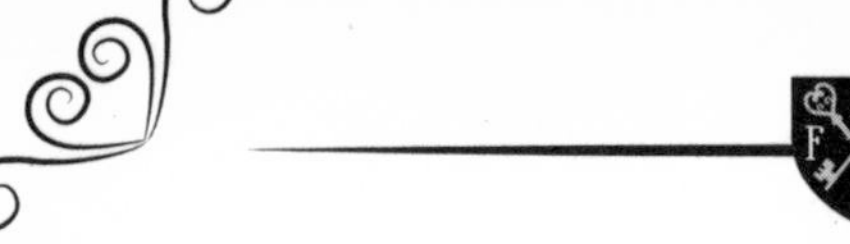

Y me quedo en la puerta helada, sin saber qué hacer o decir. Ver esa habitación ocupada por otra chica me hace sentir tremendamente rara.

—¿No está Álex? —pregunto, como si no fuera evidente que es así.

—No, no ha vuelto todavía... ¿Le digo que has pasado a verla?

—No, tranquila, ya sigo buscándola. Gracias.

—A ti —responde la nueva compañera de Álex antes de que cierre la puerta a mi espalda.

Bajo las escaleras rápido y me asomo al comedor, quizá esté allí tomándose algo, pero tampoco la encuentro, ni en los jardines, ni en la sala del televisor... Empiezo a pensar que quizá no está en el internado cuando caigo en la cuenta de que no he mirado en el sitio que más adora Álex de este lugar: los establos.

Salgo del castillo y atravieso el trozo de pradera que separa el establo de la enorme construcción, y enseguida vislumbro la tenue luz de donde duermen los caballos.

—Hombre, Julia, cuánto tiempo sin verte —me saluda Toni, amable.

—**Hola. ¿Has visto a Álex por aquí?** —le pregunto, olvidándome de los formalismos y yendo directa a lo único que me importa.

—Sí, está dentro con Tristán.

Cojo aire en profusión, contenta de haberla encon-

trado. Le doy las gracias al mozo del establo y me dirijo al box del caballo de Álex. Cuando abro la puerta, me la encuentro sentada en un taburete acariciando a su caballo. Al verme llegar se pone de pie.

Y como no sé ni cómo empezar a poner en palabras todo lo que tengo en la cabeza, decido hacerlo por lo más importante, lo que espero que me dé la oportunidad de seguir hablando:

—**Lo siento** —digo—. Siento no haber estado contigo ahora que...

—¡Pero si yo no te he dejado! Yo sí que lo siento...

Y en lugar de enfrentarse a mí, de ponerme en duda o de protestar de alguna manera, **Álex me abraza con la misma fuerza que yo la abrazo a ella**. Cuando nos separamos, me dice:

—**A partir de ahora, no más secretos. ¿Trato hecho?**

A
Ella es mi roca

—Ha sido Adrián quien acaba de contarme lo del juicio de tu padre —me explica Julia mientras yo vuelvo a acariciar a Tristán, que nos contempla tranquilo a las dos sentadas a su lado.

—Pues ya ves —digo, porque todavía es algo de lo que me cuesta hablar incluso con ella.

—**¿Por qué no me lo dijiste?** —pregunta con toda la razón, y me la quedo mirando sin saber cómo resumir todo lo que he sentido estos días lejos de ella.

—No quiero ser esa persona..., no quiero ser una mala influencia para ti. Y pareció que tú tampoco me echabas demasiado de menos...

Julia asiente con un gesto triste en la cara.

—No sabes cuánto lo siento... Al principio sí te busqué y quería hablar contigo, pero entre que no coincidíamos y que Chloé me comió la cabeza...

—¿Chloé qué? —pregunto extrañada.

—**Bueno, ella me insistía en que tú estabas haciendo tu vida y que no me necesitabas, que tenías nuevas amigas...**

Se me escapa una sonrisa amarga mientras me levanto para acariciar a Tristán.

—No era el caso para nada...

—Ahora lo sé. Me mintió con otras muchas cosas... —Se queda pensando un momento y sé que se está refiriendo a Adrián, pero decide no seguir por ahí—: Ojalá puedas perdonarme algún día...

—**Ya te he perdonado** —la interrumpo mirándola directamente a los ojos verdes—. Nuestra amistad es más fuerte que cualquier enfado, Julia. Pero tenemos que aprender algunas cosas...

—A confiar en nosotras —suelta rápido, como si no quisiera perder más tiempo, reconociendo su error.

—**Y a no tener secretos** —añado, consciente de que yo también tengo mucha culpa de nuestro distanciamiento y de que todavía no le he contado buena parte de la historia.

—Sí, pero en tu caso ha sido un secreto un poco forzado...

La miro a los ojos aunando la voluntad necesaria para compartir con ella lo que todavía no me he visto capaz de hacer con nadie.

—**Hay algo más** —empiezo a decir con voz segura, porque con ella puedo hablar así, sin temor a que salga corriendo, algo que casi se me había olvidado.

—¿A qué te refieres? —me pregunta Julia, y justo en ese momento aparece Toni en la puerta del box.

—¿Todo bien, chicas? ¿Hoy no salís a dar una vuelta con los caballos? Se está empezando a hacer tarde...

Carraspeo, incómoda por la interrupción bajo los ojos inquietos de Julia.

—Sí, sí, todo bien —responde ella algo seca, impaciente por que Toni se vaya y yo pueda contarle el resto de mi secreto.

Él nos mira con gesto extrañado, acostumbrado a nuestra amabilidad, así que procuro arreglarlo:

—Nos quedaremos un ratito más, si no te importa. Danos solo diez minutos, por favor.

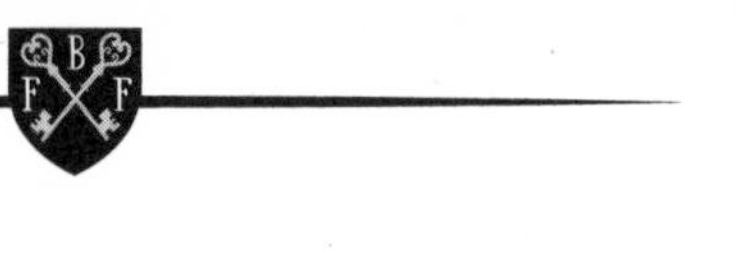

Toni debe de percatarse de que pasa algo porque solo asiente y se aleja de nosotras hacia el exterior del establo para darnos la intimidad que necesitamos.

—Venga, sigue —dice Julia haciéndome un gesto con la mano.

—Pues verás... —Ordeno mis pensamientos antes de comenzar a explicarle la parte más fea del tema—: **El abogado de mi madre me dijo que era buena idea que yo testificara en el juicio.**

—Sí, eso me lo ha contado Adrián. Qué raro, ¿no? ¿Y qué tendrás que decir? —me pregunta, apartándose un mechón rubio y colocándoselo detrás de la oreja.

—**Mentiras.** Y esta parte no la sabe Adrián, ni nadie.

Julia me mira con los ojos muy abiertos, como a la espera de escuchar algo más que se me haya olvidado.

—¿Tienes que mentir en el juicio? —dice con cautela, pero transparente, tal como es ella.

Asiento y bajo la mirada al suelo, porque incluso con ella siento vergüenza al hablar de ello.

—Yo no quiero, pero mi madre y su abogado me han dicho que si quiero ayudar a mi padre a salir de la cárcel tengo que hacerlo —explico. Y me callo, porque me doy cuenta de que **no puedo más con las mentiras**.

De repente, toda la compostura, toda la solidez que había estado trabajando estos días, se vienen abajo, como un muro de piedra empujado por una corriente

de agua imparable. Y es que con Julia no tengo que mantenerme fuerte, puedo ser yo misma, y cuando me lo permito me pasa esto, que me abro en canal y le cuento lo mal que lo estoy pasando. Lágrimas saladas empiezan a brotar de mis ojos con fuerza y a mojarme toda la cara. Tristán acerca la cabeza y me acaricia la mejilla, comprensivo. Julia me coge la mano y la aprieta, preocupada.

—Llevamos días ensayando las respuestas que tendré que darle al fiscal mañana, en el juicio, y se me está haciendo un mundo, porque me siento un fraude de persona, porque resulta que al final sí que soy como él... —Niego con la cabeza porque los sollozos no me dejan hablar más.

Julia me rodea con los brazos y me aprieta contra su pecho. Me besa la nuca, me acaricia la espalda, me tranquiliza con su cariño y su comprensión. Entonces empieza a hablarme al oído con su voz cálida, pero firme.

—**No eres como él**, ni mucho menos, Álex. Él es un delincuente y a ti te han obligado a hacer algo que no quieres. Pero si hablas con tu madre, seguro que...

—No puedo —la interrumpo, negando con la cabeza, y separándome de ella, totalmente ofuscada.

—¿Por qué?

—Porque no puedo ir mañana, el mismo día del juicio, y decirles a todos que abandono, me matarían... Además de que no está bien, no sé.

Julia me coge la cabeza con ambas manos y me mira directa a los ojos, segura, imbatible.

—**¿Está mejor que hagas algo en lo que no crees?** —me pregunta sin pestañear.

—No, supongo que no... —dudo.

—Exacto. Estoy segura de que, si hablas a solas con tu madre y le cuentas cómo te sientes, comprenderá tu posición y no te obligará a formar parte de esa mentira.

—No conoces a mi madre. —Niego con la cabeza otra vez, porque lo veo imposible.

—No, pero empiezo a pensar que tú tampoco... —me dice sin tapujos.

Cuando alzo la mirada para llevarle la contraria un poco molesta, me callo, porque me doy cuenta de que tiene razón, de que igual que mi padre era un delincuente sin yo saberlo, quizá mi madre oculta una faceta sensible y honrada que no me ha dejado ver hasta ahora.

—¿Lo intentarás al menos? —me pregunta Julia de nuevo, porque me conoce y sabe que a veces me hace falta un pequeño empujón para hacer las cosas que me resultan difíciles.

—**Sí, hablaré con ella mañana** —digo, y vuelve a abrazarme para insuflarme la fuerza que me falta.

—Irá bien, ya lo verás.

—Chicas..., lo siento, pero es hora de marcharse. Ya han pasado los diez minutos. —Entra de nuevo Toni para recordarnos lo tarde que es.

—Sí, perdona. Ya nos vamos. Gracias por tu paciencia, Toni, y siento lo de antes —dice Julia, reconociendo su falta de tacto hace un rato.

El chico le devuelve una sonrisa, quitándole importancia.

—Todos tenemos días malos.

—¡Ya te digo! ¡Mira qué cuadro de cara! —exclamo yo, señalándome la cara empapada de lágrimas, el rímel que me he puesto esta mañana corrido, el pelo revuelto..., y los tres nos reímos por las circunstancias que estamos viviendo, cada uno como podemos y sabemos.

De camino al castillo, noto a Julia un poco resignada y le pregunto qué le pasa, porque si volvemos a estar juntas, si entre nosotras ya no hay distancias ni fisuras, **podemos hablar absolutamente de todo otra vez**, lo que me relaja el corazón y lo hace bombear con un ritmo mucho más regular y confiado.

—Prometí a Lea que me pasaría hoy por el coloquio y se me ha pasado la hora... —dice, y sé que no es lo único que le preocupa, pero le doy un poco más de margen.

—Bueno, mañana hablas con ella, seguro que no le sienta mal...

—Ya...

—Julia, ¿solo es eso? —pregunto cogiéndole del brazo.

—No... **Es que no tengo ganas de ir a mi habitación...** —contesta apretando la boca y se le apaga la mirada.

—¿Por Chloé?

—Exacto. No tengo ningunas ganas de verla. Ella tiene mucho que ver en que tú y yo nos hayamos distanciado, y, bueno, que no quiero verla.

Noto que se calla algo más, imagino que lo que Adrián me ha contado esta mañana que sucedió anoche, así que se me ocurre una idea y se la comento. Así tendremos tiempo de hacer desaparecer todos los secretos que se han ido amontonando entre nosotras estos últimos días.

—Pues vente a dormir a mi habitación —le digo.

Julia me mira con esos ojos otra vez enérgicos y llenos de ganas, de vida.

—¿Sí? —me pregunta como para tantear si estoy hablando en serio.

—Claro, a no ser que prefieras dormir con Tristán y Siena, aunque quizá te pica un poco todo si se te mete el heno por debajo del pijama...

Antes de que acabe la frase, Julia ha dado un salto y se ha subido a mi espalda atacándome en plan ninja. Pero yo le retengo los brazos y hago el camino de regreso al castillo con ella en modo mochila mientras mueve las piernas quejándose y riéndose a la vez. Y a medida que recuperamos nuestra cercanía, nuestra confianza, me siento mejor y más segura con respecto a lo que tengo que hacer mañana: enfrentarme a mi madre y al mismísimo abogado Raúl Viña. **Y es que Julia me da la fortaleza que a veces me falta, ella es mi roca, porque si sé que ella me apoya, lo demás no importa.**

J
Arreglar el mundo

La máquina expendedora no ha cambiado desde la última vez que cogimos provisiones Álex y yo. Hay la misma selección rancia de productos sin grasas que no saben a nada, pero que resultan suficientes para matar el hambre que tenemos, porque con la charla se nos ha pasado la hora de la cena y tenemos que apañarnos con poca cosa.

—En los tiempos de la Sociedad del Candado Dorado podíamos conseguir patatas de verdad, y chocolatinas... —recuerda Álex relamiéndose y mirando más allá de las paredes de Vistalegre la época en la que entraba productos prohibidos al colegio con la ayuda de Irene, Leyre y Norah.

—**¿Echas de menos esos tiempos?** Si quieres podemos pedirle a Irene que te reincorpore...

Álex me empuja, bromista.

—¡No, gracias! No echo de menos formar parte

de eso, pero sí comerme un Kit Kat de vez en cuando —dice con media sonrisa mientras da un bocado a un palito de semillas.

—Nos lo podemos comer en el pueblo este finde... —le propongo afilando la mirada. Pensar en que volveremos a hacer nuestras salidas juntas me da alas.

—¿Sí? —pregunta ella para confirmar que no es una broma.

—Mientras no entremos guarrerías en el colegio..., podemos, ¿no?

Alejandra asiente y yo también, y hacemos un nuevo trato: el sábado nos pondremos púas de chuches para compensar todos los días que estamos sin ellas aquí metidas. Con tanto mal rato pasado, necesitamos azúcar, y aunque hay que esperar todavía un par de días para ello, la sola idea de saber que tendremos un trozo de chocolate deshaciéndose en la boca pronto ya es suficiente. **¡Nos conformamos con poco!**

Ya cargadas con unas bolsas de pan con pipas, unos zumos, pistachos, almendras y un par de manzanas, nos dirigimos a las escaleras en dirección a las habitaciones. Álex abre la puerta y entro en su dormitorio, antes también mío. Su lado sigue exactamente igual. **Me quedo mirando las fotos del fotomatón que nos hicimos antes de Navidad**, hacía tiempo que no las veía y me encantan porque salimos tan... tan nosotras. Al mirar el otro lado, el que antes me pertenecía, me siento

un poco rara, pero ayuda el hecho de que su compañera no esté. Le cuento que hace un rato estaba, cuando he ido a buscarla al establo, porque antes había pasado por aquí.

—¿Has conocido a Nadia?

—Bueno, conocerla, conocerla... Solo le he preguntado si sabía dónde estabas y me ha dicho que no.

—La pobre no sabe nada de lo que me pasa... Me daba vergüenza contárselo. Pero parece buena chica. Habrá ido a la biblioteca a estudiar.

—Bueno, si has sido con ella la mitad de borde de lo que fuiste conmigo, no me extraña que se vaya a la biblioteca a estudiar —le digo con una sonrisa, y Alejandra me tira un cojín de su cama.

Después saca del armario un pijama y me lo tiende para que me lo ponga, y ella hace lo mismo. Sus tripas empiezan a hacer ruidos impacientes, así que nos sentamos en su cama a comer lo que hemos reunido mientras hablamos de los últimos días. Yo no como mucho porque sigo con el estómago cerrado desde anoche, con todo lo de Chloé y Adrián continúo bastante perjudicada; me está costando olvidarlo. Álex debe de notar algo, porque me saca el tema a colación de pronto. Ya lo dicen, que entre las mejores amigas la telepatía es un poder seguro.

—Esta mañana he hablado con Adrián de lo sucedido con Chloé.

—Ah, ¿ya lo sabes? —pregunto sorprendida porque todavía no había encontrado el momento de confesarle el turbio asunto, y en parte me alegro de que ya se haya enterado, aunque no sea por mí... Antes hemos hablado de ella, no de mí, así que no me ha parecido el mejor momento de contarle lo que me había pasado, que es una chorrada en comparación con lo que está sufriendo ella.

—Sí, Adrián me ha dicho que él no quería besarla, que no se esperaba para nada que ella le diera un beso.

—Ya, pues no pareció que le disgustara... —contesto enfurruñada al escucharla defender a mi enemigo.

—¿Estás segura? ¿Lo viste con claridad?

Trato de reproducir la imagen, esa que me hace tantísimo daño y me rompe el corazón en trocitos pequeños, y no puedo engañarla: estaba a varios metros de distancia oculta tras las sombras. Además de taquicárdica perdida.

—Bueno, con total claridad no... Estaba oscuro y eso.

Álex empieza a negar con la cabeza, y entiendo lo que me quiere decir, que estoy cegada por mi enfado, que las apariencias engañan, que a veces vemos cosas que no son del todo ciertas y nos convencemos de que sí lo son...

—Maldita Chloé... De verdad creí que era mi amiga, tan divertida y amable, y creo que os llevaríais bien, si no fuera por su parte retorcida, claro... —niego enfadada y dolida, a partes iguales.

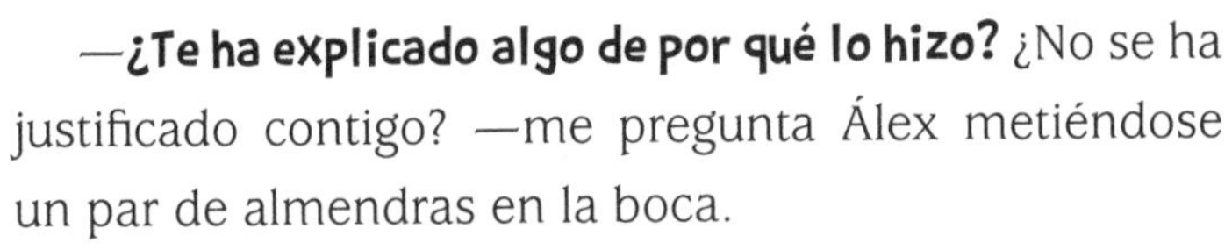

—**¿Te ha explicado algo de por qué lo hizo?** ¿No se ha justificado contigo? —me pregunta Álex metiéndose un par de almendras en la boca.

—No, me ignora completamente. Desde la noche del «incidente» que me dijo que yo no tenía sus problemas y que ella quería saber cómo era ser yo, no me ha vuelto a decir nada de nada...

—**¿Ser tú?** —dice Alejandra aguantándose una sonrisa—. ¿Doña empollona obediente tiquismiquis? Pues aburrido, claro, ¿cómo va a ser? —Bromea para intentar animarme y quitar gravedad a lo sucedido, y lo consigue, porque le clavo el codo en la costilla y me río con ganas.

—No, en serio, **todos nos equivocamos**, Julia. Ya ves, tú poniendo en riesgo tu beca, yo engañando a la justicia y Chloé intentando robarte a tu chico... Son errores, pero los podemos enmendar.

—Sí, ya lo sé, pero me parece muy retorcido... Hacerse amiga mía para suplantarme de alguna manera..., no sé —le digo acurrucándome sobre su cojín. Me siento tan a gusto en esta cama hablando con Álex que no me movería de aquí nunca.

—Creo que deberías hablar con ella para comprender qué ha pasado —insiste Álex, que le ha pillado carrerilla—. **¿No te has planteado que si ella quería ser tú es porque se siente muy sola y no sabe cómo ser con los demás?**

Me quedo mirándola y me doy cuenta de que tiene una capacidad de deducción mucho más grande que la mía, que me había quedado con los detalles sueltos y pequeños de lo sucedido.

—No lo había pensado —reconozco. Abro la bolsita de pistachos y me meto uno en la boca.

—¿Qué me has recomendado que haga yo mañana? —me pregunta Álex entonces.

—Que hables con tu madre —le recuerdo confusa, encogiéndome de hombros.

—**Pues aquí va mi consejo especial para ti: habla con Chloé.**

Me la quedo mirando con desgana, pero sé que no puedo rechazar su consejo, igual que ella no podía rechazar el mío, así funciona nuestra amistad. Por ello, tras unos segundos de reflexionar sobre ello, acabo entornando los ojos y dándole la razón.

—Vale, hablaré con ella.

—Genial, mañana es el día en que tú y yo arreglaremos el mundo.

Alejandra levanta la mano y yo la choco, con dudas y nervios, pero sabiendo que si hay alguna opción de arreglar el mundo solo es si somos un equipo.

Me levanto para ir al lavabo y, cuando regreso, al pasar por el escritorio de Álex, algo que sobresale de su mochila me llama la atención. **Son unas hojas mal dobladas con una tinta y una caligrafía que me resultan familiares.** Cuando hago por coger una de ellas, Álex se acerca corriendo y me lo impide.

—Eso... Eso es otra cosa... —empieza a decir, pero noto que no sabe cómo encauzarlo.

—**¿Qué pasa? ¿Qué es?** —pregunto sin comprender qué hacen esos escritos ahí.

Tiendo la mano preguntándole con tiento y en silencio si me deja ver de qué se trata.

—Nada de secretos, ¿recuerdas?

Alejandra coge aire y lo suelta lentamente antes de ceder y entregarme ese montón de papeles.

Cuando empiezo a leer la primera línea, no doy crédito: «Eres hija de tu padre. No lo olvides». Un espasmo me sacude todo el cuerpo. Paso a la siguiente nota, que es todavía peor: «Tu familia ha destrozado a muchas familias». En mi mente se amontonan las preguntas mientras mi corazón choca contra mis costillas cada vez más apresurado.

Miro a Álex con espanto, y ella se oculta la cara con las manos, como con vergüenza. No me puedo creer que haya tenido que aguantar esto, que alguien la insulte y la amenace de esta manera, **sin compartirlo con nadie..., ni siquiera conmigo**.

—Álex, ¿por qué? —le digo tratando de atar cabos, porque no entiendo nada de lo que está pasando. Miro con detenimiento otra vez esa tinta tan llamativa y esas letras tan redondas, **exactamente iguales a las de mi compañera de habitación, la que hasta hace un día era mi amiga también**.

—No lo sé —me responde. Y entiendo que tengo que compartir con ella lo que me está quemando por dentro.

—Esto lo ha escrito Chloé —anuncio al fin mirándola confusa.

—¡¡¡¿Qué?!!! ¡¿Qué dices, Julia?! —me pregunta con los ojos como platos, recuperando los papeles en un gesto impulsivo. Los vuelve a mirar como si en ellos pudiera descubrir algo más.

—Sí, es su letra. Leo sus apuntes cada día para estudiar, y ese bolígrafo... Lo usa siempre porque dice que el verde es el color de la esperanza.

—Pero... ¿por qué me escribiría Chloé esto? —dice Álex, confusa.

Y entonces pienso en las últimas palabras que me dijo mi actual compañera de habitación antes de evitarme, en eso de que yo no tengo sus problemas, y llego a una conclusión ineludible. Si antes me quería escaquear, ahora ya no hay marcha atrás.

—Definitivamente, tengo que hablar con ella —confirmo, a sabiendas de que mañana va a ser uno de los días más difíciles de mi vida.

Cojo la mano de Álex y siento que puedo con eso y con mucho más si la tengo a ella.

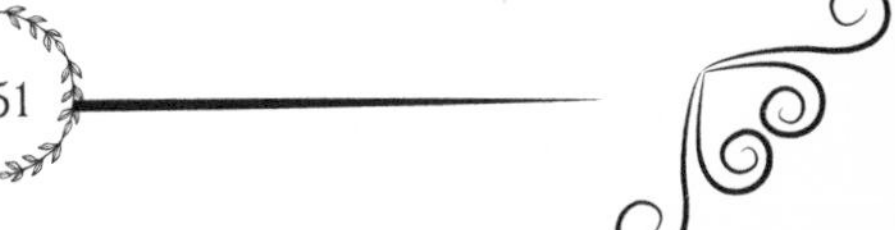

Somos fuertes

No recordaba los ruiditos que hace Julia mientras duerme. Bueno, no se me habían olvidado del todo, es más bien que como había dejado de escucharlos habían pasado a formar parte de las cosas que no son importantes. Pero son muy graciosos, y se lo digo cuando nos despertamos con los primeros rayos de sol.

—Anda ya... —dice restregándose los ojos del sueño.

Anoche nos debimos de dormir bastante tarde, porque incluso saludamos a Nadia cuando regresó de la biblioteca. Esta mañana se ha debido de ir temprano también, porque, cuando he abierto los ojos, mi compañera de habitación ya no estaba. Y es que esta mañana a Julia y a mí nos está costando bastante salir de la cama calentita. **Probablemente, también tenga algo que ver el hecho de que el día que nos espera no es lo que se dice fácil...** Hay demasiadas cosas a las que debemos enfrentarnos. Si fuéramos de otra manera, las

esconderíamos debajo de la alfombra y seguiríamos como si nada. Sin embargo, **Julia y yo no somos así, somos auténticas, somos fuertes, y vamos a ir a por todas**.

—Suenas como una ardillita comiéndose una bellota —le digo estirándome encima de la cama todo lo larga que soy, que no es poco, para coger fuerzas antes de darme un impulso y ponerme de pie.

—No soy ninguna ardilla —contesta Julia a través de la almohada con la que se tapa la cara para evitar la luz solar, tan molesta cuando te acabas de despertar.

Mientras empiezo a sacar la ropa que tengo que ponerme hoy, le hablo de algo que leí en algún sitio no sé cuándo. Si estoy nerviosa, hablar de chorradas me distrae y me relaja y espero que funcione también con mi mejor amiga.

—Bueno, las ardillas son animales muy listos, aunque no te lo creas. Saben esconder muy bien sus bellotas para que no se las roben, tanto que a veces se las dejan y ayudan a que crezcan más árboles. Para que veas, ¡también son ecologistas! Además de que trepan por los árboles a una velocidad récord.

Cuando termino de sacar la ropa y miro a Julia, me está observando fijamente con el ceño fruncido.

—¿Desde cuándo eres experta en ardillas?

Me encojo de hombros antes de responder de manera un tanto misteriosa:

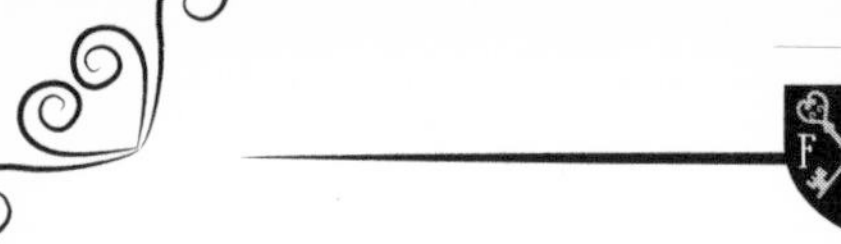

—**Todavía hay cosas de mí que no sabes.**

—Vale, apuntado, Álex es una experta en ardillas —dice antes de volver a esconder la cara entre las mantas.

Normalmente, es Julia la que se pone de pie antes, se viste y se acicala a la perfección, pero la tarea que tiene por delante hoy no le apetece, lo sé porque nunca remolonea de esta manera, así que procuro distraerla con mis tonterías y animarla a seguir adelante con nuestro plan de defensa.

—**Vamos, a vestirse, que la cena de ayer fue un asco y necesitamos llenarnos el estómago para estar fuertes hoy** —le digo, tirando de la manta que tiene enredada entre las piernas, lo que le hace rodar en plan croqueta.

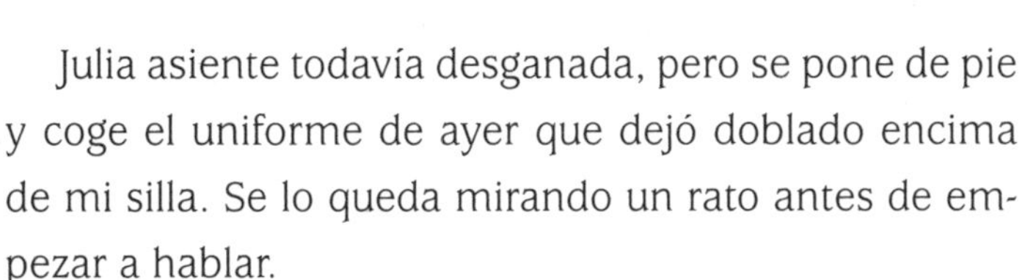

Julia asiente todavía desganada, pero se pone de pie y coge el uniforme de ayer que dejó doblado encima de mi silla. Se lo queda mirando un rato antes de empezar a hablar.

—Debería pasar por mi habitación para... —comienza a decir, pero la interrumpo.

—De eso nada. Tu uniforme está perfecto. Si tiene una arruga, no te preocupes, que no te van a echar por eso.

Julia me mira con fastidio, porque sé que odia ir mal aseada, pero las dos necesitamos un buen desayuno, y Sam vendrá a buscarme dentro de un rato para ir al juicio de mi padre, así que debemos bajar ya. El crujido de mis tripas recordándole el hambre que tengo la convence, porque se viste en un santiamén y me coge un cepillo para peinarse un poco su melena rubia siempre tan lisa.

—**¿Preparada?** —me pregunta cuando ha terminado, pero se queda mirando mi *outfit*: traje de chaqueta sobrio y una blusa igual de sobria—. No te pega nada —dice cuando acaba de revisarme.

—Lo sé, pero mi madre me lo ha dado justamente para que me lo ponga hoy —digo con voz temblorosa. Y es que solo pensar en que tengo que hablar con ella e intentar que comprenda mi decisión hace que me empiece a temblar la voz. No puedo evitarlo.

Julia me coge la mano y me la acaricia con ternura antes de decirme muy segura:

—Todo irá bien.

Yo asiento, tratando de creerla, de creerme, porque sí, porque es posible, o al menos nosotras lo haremos posible.

—Ay, espera… —digo, porque me acabo de acordar de que me falta un complemento.

De mi joyero saco la pulsera que me trajeron los Reyes y me la pongo bajo su mirada atenta.

—Te la habías quitado —dice con un deje triste.

—Sí, pero ya vuelve a estar en su sitio, ¿ves? —contesto, señalándola, y mi amiga sonríe ahora satisfecha. Releo «ALWAYS BE YOURSELF» para recordarme cómo debo enfocar el día de hoy.

Mientras Julia abre la puerta, yo me escapo un momento a la pared y despego esa foto que tanto me gusta, la del fotomatón que nos hicimos hace meses en el pueblo. Se nos ve locas y felices, como solíamos estar siempre que estábamos juntas, y como necesito tener presente esa sensación y la fortaleza que me provoca, me la meto en el bolsillo del traje; seguro que me dará buena suerte hoy. **Si llevo conmigo la pulsera y la foto, ¡nada me puede ir mal!**

Bajamos a desayunar cuando ya casi no hay cola y podemos coger las bandejas y sentarnos rápido en una de las mesas vacías. De lejos veo a Adrián sentado con Matías y Sergio y lo saludo con la mano, pero Julia lo ignora completamente.

—Algún día tendrás que volver a hablar con él, y mejor pronto que tarde, ¿no?

—¿Por qué? —me pregunta entornando los ojos.

—**Porque no has escuchado su versión de lo que pasó aquella noche y se merece una oportunidad.**

Julia se muerde el labio y sé que sabe que tengo razón, porque devuelve la mirada a la tostada y da por finalizada la conversación. Comemos el resto del desayuno en silencio, cada una mentalizándose para lo que viene. Y lo que viene no se hace esperar, porque casi no he dado mi último bocado cuando, a través del ventanal, veo aparecer el coche de Sam por la entrada. Me yergo en la silla, fría, tensa y un poco bloqueada al ver

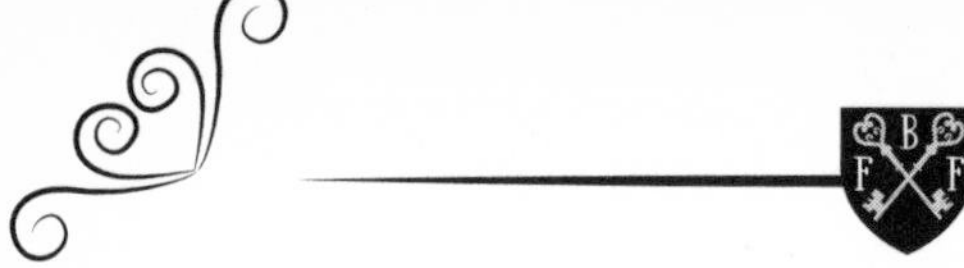

que mi madre no sale, lo que significa que no está dentro. Imagino que me esperará en el mismo juzgado. No sé por qué pensé que vendría a buscarme para que llegáramos juntas a ese lugar que me da un poco de pánico... Mi miedo no le pasa desapercibido a Julia, porque me coge la mano cariñosa de nuevo.

—Tranquila —me dice, y yo asiento, aceptando sus palabras, calentándome con ellas.

«Sí, vale, todo irá fenomenal», me digo. Me basta mirarla a ella para coger el impulso que necesito para apartar la silla y ponerme de pie. Ella me imita.

—¿Qué haces? Todavía te quedan quince minutos para las clases —le pregunto mirando mi reloj de muñeca.

—**Te acompaño al coche** —dice sin dejar opción a que yo se lo impida. Sonrío porque me siento muy afortunada de tener a alguien que se preocupa por mí en mi vida, aunque no sea mi madre...

Juntas salimos del comedor y nos encaminamos a la entrada del colegio. En la puerta donde intercambiamos nuestras primeras palabras (no demasiado amables, tengo que decir), Julia me da un abrazo tan fuerte que se me encoge el corazón.

—**Eres supervaliente**, no lo dudes ni por un segundo —me dice, y yo la abrazo más fuerte en respuesta.

Cuando nos separamos, siento que me ha transmitido parte de su fuerza, que estoy preparada para lo

que viene. Así que me dirijo al coche de Sam con paso seguro, y mantengo la compostura durante todo el trayecto hasta los juzgados.

Bajo unos intensos rayos de sol que parecen avanzar la primavera, en la puerta del emblemático edificio de hormigón y vidrio en forma circular, me esperan mi madre y el abogado Raúl Viña, tal como imaginaba. El hombre me recibe con una amplia sonrisa, como si estuviéramos a punto de celebrar el cincuenta aniversario de alguien y no el juicio que podría dejar a mi padre entre rejas durante años. Mi madre sí tiene un gesto más contrito, se lo noto en los ojos, que se entrecierran inquietos, como si no viera bien lo que tiene delante. Me recibe con un par de besos en las mejillas, como exige el protocolo.

—El traje te sienta de maravilla —me dice al oído—. Pero los zapatos...

Un pinchazo que solo noto yo me atraviesa justo la mitad del pecho, y mi impulso es acariciar la foto que llevo en el bolsillo de la chaqueta para buscar la fuerza que necesito para continuar. Y surte efecto, porque mientras nos encaminamos al interior noto que mi impaciencia por enfrentarme a todo crece por momentos, y decido que no puedo esperar más.

—**Mamá, tengo que hablar contigo** —le digo acercándome a ella para buscar algo de intimidad lejos del abogado.

—Claro, ahora tenemos un rato hasta que empiece el juicio, tranquila. Nos dejarán una sala para esperar y acabar de ultimar los detalles de tus declaraciones —responde ella sin frenar el paso.

—No, pero yo **quiero hablar contigo a solas**. Y ya. Por favor. —La cojo del brazo y la freno, mirándola fijamente a la cara, para que comprenda mi urgencia.

En lugar de aceptar mi casi súplica, mi madre le quita importancia y comienza a buscar excusas y a responder por mí a sus preguntas, como suele hacer siempre.

—Pero ¿qué te pasa? ¿Estás nerviosa? Es normal que lo estés, Álex, es un día muy importante, pero todos confiamos en ti y sabemos que lo harás fenomenal. Porque...

—No, mamá. No es eso —la interrumpo.

Algo debe de ver en mi cara, que le está rogando que me escuche, y en mis ojos, que le están diciendo que no puedo seguir, y en mi cuerpo, tenso y asustado, como la niña que sigo siendo, porque al final acepta hablar conmigo a solas en un rincón de ese inmenso lugar. Le pide al abogado que nos dé unos minutos y nos alejamos de él y de todos para poder hablar con más intimidad. Estoy tan nerviosa que me da por fijarme en lo que tengo delante, un cuadro bastante rancio de un paisaje en tonos ocre en el que me detengo largamente mientras trato de encontrar las palabras ade-

cuadas para empezar esta conversación. LA CONVERSACIÓN, esa que me planta frente a mi familia, que me separa de ella, que me revela contra lo esperado, la que va a establecer quién soy y cómo quiero ser a partir de ahora. Yo quiero ser clara, y segura, nada de fraudes ni falsas verdades, así que voy directa a lo que importa.

—**No puedo testificar ante el juez** —digo toqueteando de nuevo la foto que tengo en el bolsillo. Y mi pulsera, claro, también mi pulsera: «ALWAYS BE YOURSELF».

Mi madre se vuelve hacia mí con los ojos abiertos de par en par.

—¿Estás loca? —me pregunta, y lo cierto es que no me sorprende su reacción. De hecho, es incluso más suave de que lo que había imaginado. Porque al menos la veo dispuesta a escuchar mi respuesta.

—No, mamá, no estoy loca. Todo lo contrario. Loca estaría si aceptara mentir en un juicio, saltándome la ley y cualquier pizca de honradez, para conseguir que absuelvan a papá.

—Ya estás con tus tonterías...

—¿Tonterías? —la interrumpo.

—Sí, tonterías, porque no pasa nada. **No estás mintiendo, mintiendo, solo disfrazando algunas cosas...**

Cuando veo que utiliza el vocabulario que Raúl Viña lleva empleando todos estos días, me enfado, me enfado mucho.

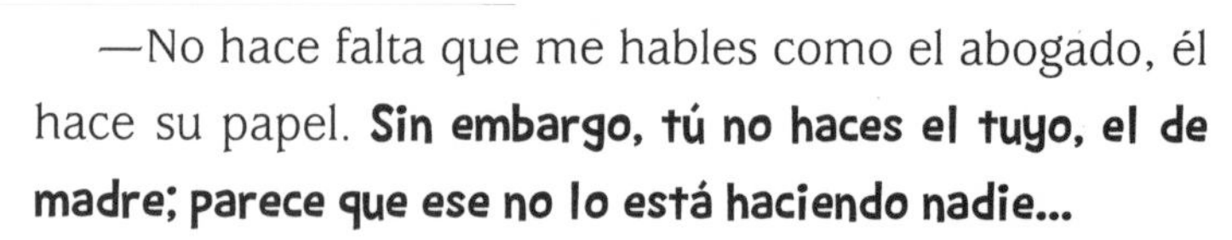

—No hace falta que me hables como el abogado, él hace su papel. **Sin embargo, tú no haces el tuyo, el de madre; parece que ese no lo está haciendo nadie...**

Se lleva una mano a la boca y se me queda mirando totalmente pasmada, como si acabara de recibir un tortazo y no supiera de dónde le ha llegado. Como si tomara conciencia de lo que la acuso, su expresión muta lentamente hacia la extrañeza, frunciendo el ceño y desviando los ojos a ese cuadro que a mí me ha ayudado a pensar, e, igual que yo, debe de hallar en él

alguna respuesta, porque cuando me mira, lo que veo en su mirada es miedo y dolor.

—**Soy tu madre, y siempre me he preocupado por ti.** ¿Por qué me dices eso? —me pregunta con voz afectada.

Decirle que nunca se ha preocupado por mí no sería justo, porque imagino que lo ha hecho a su manera, que es la única que conoce de ser madre. Así que procuro no empezar una batalla perdida y sangrienta.

—Te digo eso porque yo no quiero mentir por papá. Él es mayorcito y sabía dónde se estaba metiendo. Pero tú me estás obligando a mentir, cuando deberías animarme a ser honrada, a decir la verdad a pesar de todo, a ser yo misma... Sin mentiras.

Mi madre traga saliva y baja la mirada a sus manos, que juegan inquietas con la tira de su bolso de piel.

—Yo solo... **solo quiero que las cosas vuelvan a ser como antes** —dice, y tengo la sensación de que se va a echar a llorar de un momento a otro.

—**¿Crees acaso que antes eran perfectas para mí?** Con papá estafando por ahí y tú ocupada con mil cosas con tal de no estar en casa conmigo. Porque a mí me gustaría que fueran diferentes, que fueran mejores. Me gustaría pasar más tiempo con mi familia, disfrutar de ella y no tener siempre ganas de alejarme.

—¿Eso es lo que sentías? —me pregunta horrorizada.

—Sí, a menudo sí. Tú solo me hablabas para criticarme, pero bueno, al menos me hablabas, pero papá

apenas me dirigía la palabra... Tenía a Lidia, pero también se fue... Y esta Navidad..., si no llega a ser por Julia y su familia, la habría pasado sola en el internado. Imagino que no soy como tú querrías, puede que te haya decepcionado...

—No, eso no es así —me rebate con voz severa.

—¿El qué no es así?

—A mí me encanta como eres, no te cambiaría por ninguna de esas niñatas perfectas que asisten a mis galas.

Alucino. Literalmente. Primera noticia. Se me pone la piel de gallina.

—¿Y por qué nunca me lo has dicho? —le pregunto.

Mi madre me escucha y parpadea como si tratara de ver lo que intento mostrarle. Que he estado muy sola, y que me gustaría dejar de estarlo. Y tras un silencio bastante intenso, me responde, al fin.

—**Lo siento** —susurra como si acabara de revelársele la verdad absoluta ante ella y no fuera capaz de sostenerla porque le pesa mucho—. Lo siento mucho, no me di cuenta. Nunca fue mi intención.

Mi madre desvía los ojos otra vez. Veo que saca un pañuelo del bolso y se seca algunas lágrimas que han empezado a brotar, para frenarlas antes de que sea demasiado tarde. Me acerco a ella, apoyo mi cara en su hombro y me dejo absorber por su fragancia, ese olor que recibía cada vez que ella llegaba a casa tras pasar

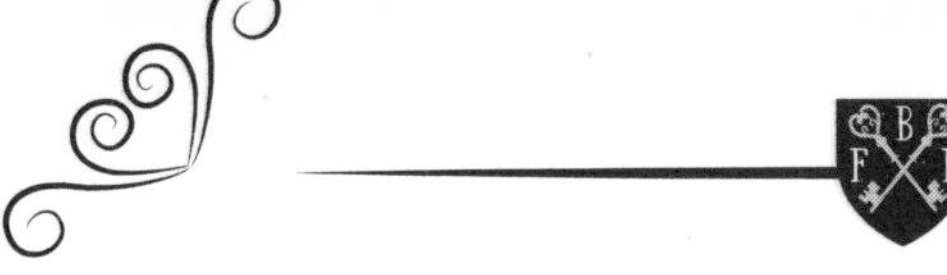

demasiado tiempo fuera o cuando me metía en su habitación a probarme sus prendas más bonitas... Sensaciones apacibles que había dejado arrinconadas en un rincón apartado de mi cabeza, pero que como los sonidos de Julia al dormir siempre han estado ahí, y ahora vuelvo a recuperarlas. Le doy un beso en la mejilla y entonces mi madre se da la vuelta y me envuelve con sus brazos. **Escondo mi cara entre ellos, y pienso en que me hubiera gustado esconderme ahí más de una vez.**

—Te quiero, Alejandra. Te quiero más que a nada, y siento muchísimo no habértelo demostrado —me susurra al oído.

—Yo también te quiero, mamá.

No sé cuánto tiempo pasamos así, abrazadas, pero la voz de Raúl Viña nos trae de vuelta a este lugar, al presente.

—Qué momento más emotivo, ¿podéis repetirlo cuando pase el juez por aquí antes de empezar la sesión de hoy? Creo que nos dará más puntos todavía... —dice.

Yo entorno los ojos mientras me coloco bien el pelo y mi madre se retoca el maquillaje delante de un espejito que lleva en el bolso. Cuando termina, lo cierra de un golpe seco justo antes de responder a nuestro abogado.

—No, no podemos, señor Viña. Y Alejandra tampoco puede declarar hoy, ni nunca, tendremos que apañarnos con los demás testigos.

La miro sorprendida, pero agradecida, tremendamente agradecida, casi pletórica, diría yo.

Raúl Viña tuerce la boca en una sonrisa confundida:

—Estaréis de broma... —dice mirándonos a las dos con ojos inquietos, esperando que, de verdad, le digamos que es una broma.

Mi madre y yo nos miramos y nos sonreímos. Ella alarga la mano y me acaricia la cara en un gesto dulce y tierno totalmente inesperado.

—Vuelve al internado. Sam está afuera; él te llevará. **Este no es lugar para una niña** —me dice, y yo asiento insegura, todavía incrédula.

—¿Segura? —le pregunto por si acaso.

—Segurísima.

—¿Te das cuenta de que estás tirando todo nuestro trabajo al retrete? ¿Qué diablos estás haciendo? —interviene entonces Raúl Viña con el rostro rojo del enfado.

—Estoy protegiendo a mi hija, que es lo que deben hacer las madres. Creo que ya es hora de que me comporte como tal. ¿No te parece?

Raúl aprieta la boca y cierra los puños, pero la postura de mi madre es firme, no deja lugar a ninguna duda. Por primera vez está sacando la loba que lleva dentro, la que defiende a sus crías, la que pararía a cualquier depredador con sus garras, solo le falta mostrarle a Viña sus dientes afilados, y casi puedo escuchar el gruñido. **No puedo estar más orgullosa de ella.**

J
Cantidad no es calidad

Me paso la mañana preocupada por Alejandra. Cuando he visto el coche que la recogía, lo he reconocido enseguida. Era el mismo que la semana pasada estaba en la puerta del castillo y aquella mujer tan elegante salía de él, lo que me hace pensar que se trataba de la madre de Álex. **No me extraña que le cueste enfrentarse a ella...** Pienso en cómo habrá ido su charla, en si su madre la habrá apoyado o si al final habrá tenido que testificar. Entre eso y el sueño que tengo por no haber dormido apenas por todo lo de Chloé, paso las clases como puedo hasta la hora de comer. Voy a entrar en el comedor cuando veo que Adrián sale solo. Como todas las veces que nos hemos cruzado desde que me enfadé con él, me mira a la espera de que yo lo salude o le haga algún gesto que no sea ignorarlo, y por primera vez... lo hago. Levanto la cabeza levemente y voy hacia él. Está tan sorprendido que incluso mira hacia atrás,

pensando que mi gesto va dirigido a otra persona. Y cuando comprueba que no es así, me sonríe agradecido.

—**¿Cómo estás?** —me pregunta cauteloso.

Sus ojos verde botella me inundan y casi se me olvida responder. Últimamente solo los veía en la lejanía.

—Bien... Tirando. ¿Y tú?

Adrián baja la mirada y se encoge de hombros.

—Julia, yo... —comienza, pero se detiene para pensar mejor lo que va a decir. Se pasa la mano por el pelo castaño, se le ve muy nervioso.

—¿Qué? —le pregunto, curiosa.

Él reformula la frase que había empezado.

—**A mí la que me gusta no es Chloé.** —Me mira muy serio, lo que me provoca unas cosquillas en el estómago que jamás había sentido por nadie. Supongo que se refiere a que le gusto yo, sí, pero... ¿y qué? Entre una cosa y otra, en lo que llevamos de trimestre apenas hemos pasado unos minutos juntos.

—Ya, pues para no gustarte, compartisteis un beso de película en vuestra cita nocturna. —Aparto la mirada porque me está poniendo aún más nerviosa.

—No fue así. —Niega con la cabeza, contrariado—. Quedé con ella porque me dijo que vendríais juntas a verme esa noche. Y no esperaba para nada que me besara. Me pilló totalmente por sorpresa, Julia. Cuando me di cuenta de lo que estaba pasando, me separé lo más rápido que pude. De verdad. **¿Me crees?**

Lo miro tratando de adivinar si lo que me dice es cierto, pero recuerdo las palabras de Álex y me digo que tenía razón cuando me dijo que debía escuchar su versión. Ahora sé que Chloé ya tenía planeado todo antes de salir de nuestro cuarto, lo que dice todavía menos de ella. Decido creerme a Adrián, no es un mal chico, siempre ha sido bueno conmigo; sin embargo, de Chloé no sé apenas nada, y lo que sé parece ser todo mentira después de ver las notas que le ha enviado a Álex...

—**Sí, te creo.** —Noto cómo sus hombros caen relajados y respira aliviado, como si acabara de dejar en el suelo una mochila preparada para dar la vuelta al mundo.

Ahora sí, se mueve como más ligero y me dedica una de sus sonrisas más abiertas, de esas que me ponen la piel de gallina y me invaden la cabeza durante horas, antes de despedirse.

—Ahora tengo entreno, pero **¿hablamos en otro momento?** —me pregunta, como si tuviéramos algo pendiente que concretar, y yo asiento, a pesar de que la verdad es que lo que sea que tenemos no acaba de ir a ningún sitio, cada vez se encuentra con más baches que dificultan su avance. Quizá nunca logre alcanzar su meta...

En el comedor me como un plato de garbanzos y la milanesa de ternera, la especialidad del internado. En cuanto termino, decido que, en lugar de ir a los jardines a pasear sola, me iré a mi habitación a echar una cabezada, porque estoy agotada.

Abro la habitación convencida de que estará vacía porque a esta hora suele ser así, pero para mi sorpresa... me encuentro con Chloé dentro. Mi reacción inicial es volver a cerrar la puerta tal como la he abierto, pero sé que debo averiguar qué la ha llevado a actuar de esa manera tan retorcida con Álex y conmigo. Mi mejor amiga está haciendo lo que acordamos en un entorno mucho más complejo, en un tribunal lleno de víboras y delincuentes, y si ella es capaz de hacerlo en un lugar así, yo tengo que poder cumplir con mi promesa aquí, en el colegio. Así que me quedo dentro de la habitación y cierro la puerta a mi espalda.

Chloé está en el escritorio y escribe algo en una libreta con el dichoso boli verde. Me pregunto si será otra nota para Álex. Cuando me ve aparecer, ni siquie-

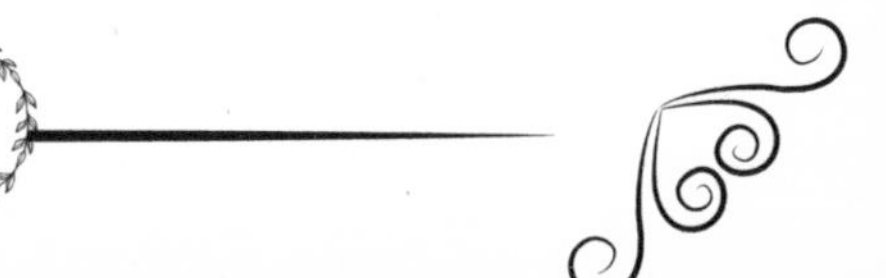

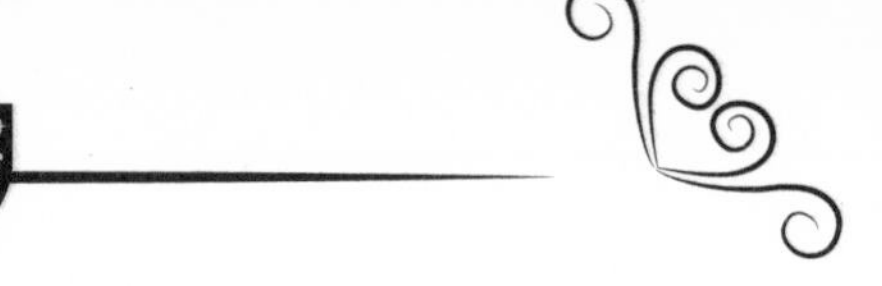

ra gira la cabeza, solo mueve un poco los ojos antes de continuar con su tarea, ignorándome, como lleva haciendo desde «el incidente». **Me fijo en que ya no lleva el pelo liso, sino rizado, como al principio de conocernos, cuando todavía no intentaba parecerse a mí, supongo.**

—Hola —saludo, para obligarla a decir algo.

—Hola —responde sin más, y sigue con lo suyo.

Se me ocurre que yo no tendría que estar persiguiéndola, pero como se lo he prometido a Álex, lo intento y me esfuerzo por comprender por qué esta chica ha intentado destrozarnos la vida a mi mejor amiga y a mí.

—¿Estás haciendo deberes? —le pregunto, porque no sé ni cómo empezar a hablar con alguien que me ha mentido tanto.

—**No, es... otra cosa** —me dice cerrando la libreta para que no pueda cotillearle, supongo.

—¿Qué cosa? **¿Una nota para Alejandra?** —digo, y me siento en mi silla del escritorio, justo a su lado.

Chloé me mira con los ojos muy abiertos y más pálida que las paredes.

—¿Cómo...? —empieza a decir, pero la interrumpo.

—¿Que cómo lo sé?

Cuando asiente en silencio como si le costara hablar, sigo con mi explicación.

—Es fácil. **En cuanto Álex me enseñó anoche las notas, reconocí tu bolígrafo verde. Y tu letra, claro.**

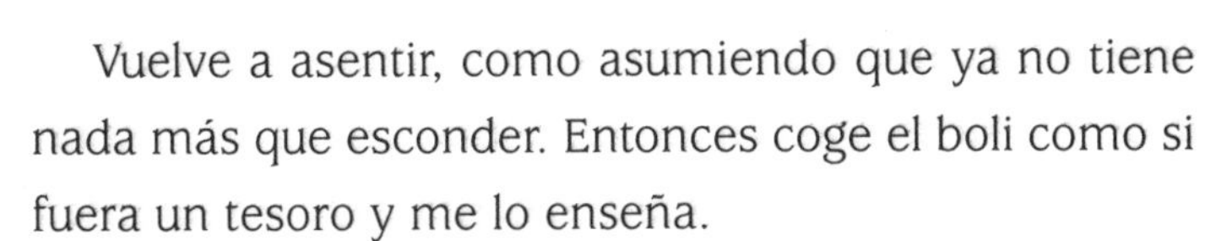

Vuelve a asentir, como asumiendo que ya no tiene nada más que esconder. Entonces coge el boli como si fuera un tesoro y me lo enseña.

—Este fue mi regalo de Navidad, el único que mi familia pudo permitirse. **¿Sabes por qué?** —me pregunta mirándome directamente a los ojos con un gesto muy triste.

—Porque te gusta el color... —Trato de responder a su pregunta lo mejor que puedo, a pesar de que me parece que se está yendo por los cerros de Úbeda.

—**Sí, y porque no tenían dinero para nada más.**

Me yergo en la silla, confusa al escuchar la noticia. En ningún momento, desde que la conozco, he tenido la sensación de que procediera de una familia humilde, y menos todavía cuando vi cómo respondía a Carlota la otra noche, tras pillarnos en el ala de los chicos.

—Somos tres hermanos, y mantenernos es costoso. Yo soy la única que estudia aquí, los demás están en Alemania y Francia... Cada uno en un país, formándose para ser grandes. Pero este trimestre es el último que estaré en este colegio, y mis hermanos en los suyos, porque mi familia se ha arruinado y ya no podrá pagar nuestros estudios. **¿Sabes por qué?** —repite, y ahora noto un deje rencoroso en su tono.

—No, no lo sé.

—**Porque el padre de tu amiguita Alejandra jugó con un dinero que no era suyo y lo perdió. ¿Sabes de quién era?**

Ato cabos bastante rápido. Y es que dos más dos son cuatro, lo mires por donde lo mires. Me tomo un momento antes de dar la respuesta que sé que está esperando.

—**De tu familia** —resuelvo al fin.

—Exacto. Mi familia fue una de las víctimas de su fraude, porque lo que hacemos tiene consecuencias, aunque no siempre sean visibles...

Chloé aprieta el bolígrafo con fuerza y asiente como aceptando sus propias palabras, masticándolas.

Al ver su estado abatido, comprendo en parte que haya hecho lo que ha hecho... Estaba dolida, enfadada, por ver sufrir a los suyos, y su manera de descargar su frustración ha sido así..., amenazando al único miembro de la familia Solano que tenía a su alcance. Esa parte la tengo más o menos clara..., pero lo que sigo sin comprender es por qué ha jugado también conmigo, cuando yo no tenía nada que ver con el padre de Álex y mi situación es muy distinta...

—Lo siento, de verdad. **Siento que estés pasando por esto** —le digo—. No me imagino lo horrible que debe de ser. Y entiendo que estés enfadada con el padre de Álex, incluso con ella..., aunque ella no tenga la culpa de cómo es su padre. —Añado la coletilla para recordarle eso también.

Levanta la cabeza dispuesta a rebatirme, pero alzo la mano para frenarla y que me deje continuar.

—Ella no tenía ni idea de nada, Chloé. De hecho, casi no tenía relación con él.

Se encoge de hombros, todavía en sus trece.

—Me da igual. Bien que ha disfrutado del dinero que ha ganado su padre robando a los demás.

—No es justo.

—¿No? —me dice apretando la boca.

—No. No lo es, porque ella rechaza lo que ha hecho su padre tanto como tú. Y creo que la ira te ha cegado del todo, porque tampoco es justo lo que me has hecho a mí. Dime, ¿qué tengo que ver yo con toda esta historia? Si hablamos de las consecuencias de nuestros actos, asume la responsabilidad de los tuyos, ¿no?

Chloé agacha la mirada y cambia el gesto. Cierra los ojos como si le doliera antes de responderme.

—Ya... —responde sin más.

Y aprovecho que acepta su culpa para llegar al fondo de la cuestión.

—Ya veo a qué te referías cuando me dijiste que yo no tenía tus problemas, aunque sabrás que mi familia ha sido humilde siempre y que estoy aquí con una beca que casi pierdo al seguirte a ti...

Chloé trata de interrumpirme de nuevo, pero yo sacudo la mano para quitarle importancia y pedirle que me deje continuar:

—Pero dejando eso a un lado, **¿por qué me dijiste que querías probar a ser yo?** —le pregunto directa;

como con las matemáticas, me gustan las cosas claras.

—Eso... eso es otra cosa —me responde ambigua.

—¿Qué cosa?

Coge aire y mira al techo colocándose un mechón de pelo rubio tras la oreja, imagino que buscando la manera de explicarme esa idea algo compleja para que no suene tan mal. Cuando suelta el aire contenido, lo acompaña de su explicación.

—Nunca he sido una persona con demasiados amigos —confiesa sincera, y yo lo agradezco.

—Bueno, **la cantidad no hace la calidad** —digo encogiéndome de hombros para quitarle importancia.

—Pero es que la cantidad es cero... —Chloé coge aire para soltar una perorata que tenía guardada y esperaba salir en cualquier momento—: A pesar de tener un apellido de renombre y de que mi familia donara a este colegio una parte importante de su patrimonio antes de la catástrofe..., cuando la gente descubre cómo soy, pierde el interés por mí y me quedo sola. No llamo la atención, no destaco en nada... Ni siquiera la directora sabía mi nombre. En cambio, tú...

—¿Yo, qué? —pregunto sorprendida, abriendo mucho los ojos. Jamás me he tenido por alguien popular...

—**Tú eres amiga de la chica más popular, enamoras al chico más popular...** A pesar de no tener dinero, de ser humilde y corriente, te has hecho un hueco aquí siendo tú misma. Cuando descubrí que serías mi

compañera de habitación, pensé... —me mira con las mejillas rojas de vergüenza, por reconocer lo que ha hecho—, pensé que en el fondo no éramos tan distintas... **Mi familia lo había perdido todo, y creí que si era como tú y hacía las cosas como tú, te caería bien, serías mi amiga y empezarían a irme mejor las cosas, tan bien como a ti.** Y quizá incluso conseguía quedarme en este internado con una beca o algo. —Las palabras de Chloé se pierden entre sus manos cuando se tapa la cara con ellas como para ocultar su bochorno, su ingenuidad—. Lo siento —suelta el aire entre los dedos.

Niego con la cabeza. No me imagino pasar por lo que está pasando con su familia sin ningún amigo a quien acudir... Pero me queda una última pregunta.

—¿Y lo de Adrián?

Chloé se aparta las manos y me mira con las mejillas encendidas.

—**Solo quería saber lo que era enamorarse...** Pero cuando lo besé no sentí nada, te lo juro, no me gustó

nada. Y él solo piensa en ti... Lo siento, Julia, la he cagado mucho... Lo siento un montón.

Agacha la mirada otra vez y se vuelve a tapar la cara con las manos.

—**Qué vergüenza...** Si quieres cambiar de cuarto, lo entenderé perfectamente. Aunque en realidad este es mi último trimestre aquí. Todavía no se lo hemos dicho a Carlota, pero en abril me iré. Mis padres no pueden seguir permitiéndose este internado y es evidente que no me darán una beca ni nada parecido...

Pienso en la chica que tengo delante, una chica que está muy perdida, que ha dado grandes pasos en falso, como malmeter contra Alejandra, amenazarla con esas notas, llevada por la ira y el dolor que está pasando su familia, además de enrollarse con el chico que me gusta y engañarme a mí; pero también pienso en la chica que me hacía reír en los ratos malos, aquella con la que he compartido buenas conversaciones y risas verdaderas... Y comprendo que todos nos equivocamos, y que mi padre siempre me ha dicho que saber perdonar es una virtud que hay que poner en práctica más a menudo. Si no hubiera perdonado las cosas que me hizo Álex al principio del curso, ahora no sería mi mejor amiga. Entonces le aparto las manos de la cara.

—No voy a pedir ningún cambio. Seguiremos en la misma habitación hasta que te marches.

—¿Por qué? —me dice frunciendo el ceño, extrañada.

—Porque aquí estoy bien. A ver, necesitaré tiempo para olvidar lo sucedido. **Pero creo... creo que podemos empezar a hacer algo ya.**

Chloé me mira con los ojos curiosos, expectantes.

—¿Algo como qué?

—**Como empezar desde cero.** Ya sabes que lo mío son los números, y me da la sensación de que si restamos todos los negativos, conseguiremos hallar los positivos. **¿Qué te parece?**

Chloé relaja su gesto, y la tensión y el retraimiento de hace un momento empiezan a desaparecer. Me mira con esos ojos verdes, como los míos, y sonríe mientras hace un gran asentimiento de cabeza.

—Me parece perfecto.

Entonces me acomodo en la silla y empiezo:

—Muy bien. ¿Qué clases son tus favoritas? —le hago una de las preguntas que ella me hizo cuando nos conocimos.

Y espero que esta vez me responda con sinceridad, porque me gustaría que el tiempo que nos queda por compartir habitación me permita conocer a la auténtica Chloé, la de verdad.

A
Siempre, para siempre

Han sido días largos, días intensos, días difíciles... Y ahora que todo parece haber terminado, ahora que las cosas vuelven a su sitio, solo tengo ganas de verla a ella, de compartir este momento de alivio con mi mejor amiga. Paso los dedos por los bordes de la foto que he cogido esta mañana de mi habitación y que sigue en mi bolsillo, como llevo haciendo todo el día para darme fuerzas.

Es pleno invierno y al fondo del paisaje se distinguen las cimas nevadas. Al salir del coche y despedirme de Sam con un abrazo, el frío me cala los huesos y empiezo a temblar. Ya no sé cuándo volveré a ver a nuestro antiguo chófer, él es parte de una vida pasada que debo empezar a dejar atrás.

—**Te deseo lo mejor** —me dice.

—Y yo a ti. Si ves a Lidia, dale un beso de mi parte, por favor. No pude despedirme de ella —digo conte-

niendo la emoción, porque esa mujer cuidó más de mí que cualquiera de mis progenitores durante demasiado tiempo.

Sam asiente agradecido antes de meterse en el coche para alejarse de mí, de mi familia y de todo lo que nos envuelve.

El juicio de mi padre durará varios días, y la sentencia tardará en salir otros tantos, pero dejando a un lado cuál será su destino, estará muy alejado del que compartiremos mi madre y yo. Ahora eso sí lo tengo claro, y aunque me da un poco de miedo la incógnita que supone no saber cómo será todo a partir de ahora, qué horizonte se nos presenta entre las nubes, también me apetece averiguarlo. **Una nueva vida, una nueva aventura.**

Cuando entro en Vistalegre, ya es media tarde y el internado sigue su ritmo habitual como una gran maquinaria imparable, compuesta por cientos de piezas pequeñas que ayudan a que su funcionamiento sea eficaz y preciso: las clases acaban de terminar y todos los alumnos y alumnas se preparan para pasar una tarde de estudio, o hacer alguna actividad extraescolar, o pasar un rato con los amigos antes de que se sirva la cena en el comedor y dar por concluido el día, listos para el fin de semana. **Y mañana el reloj volverá a empezar.**

Encuentro a Julia en las taquillas junto a las aulas. Allí dejamos normalmente los libros que vamos a usar durante todo el día para no tener que cargar con ellos

en la mochila ni tampoco tener que ir a la habitación a recogerlos. Aunque está de espaldas a mí, adivino que está dejando el de lengua y literatura, la asignatura que acaba de terminar, y preparándose para las horas de castigo que la esperan gracias a Carlota, nuestra querida directora. Ejem...

—Hola —digo todavía detrás de ella. Julia da un bote y su pelo rubio alisado salta por los aires mientras se vuelve hacia mí.

—**¡Ya estás aquí!** —exclama con los ojos muy abiertos.

Y antes de que pueda decirle nada, se abalanza sobre mí para rodearme con sus flacuchos brazos. Cuando se separa sigue hablando.

—No he podido dejar de pensar en ti en todo el día, ni siquiera María ha conseguido mi atención, ¿te lo

puedes creer? —me reconoce. Como si se diera cuenta de que ha pasado por alto lo más importante, sacude la cabeza antes de preguntarme—: ¿Qué tal ha ido? Venga, va, cuéntamelo.

—Bien, ha ido muy bien. Más que bien, **casi perfecto** —le digo sin poder esconder mi sonrisa.

Veo cómo su boca se alarga en una sonrisa tan grande como la mía.

—¿Tu madre lo ha entendido?

—Sí. Al principio le ha costado, pero al final sí, y ha peleado por mí... **por primera vez.** —Al pronunciar estas palabras se me hincha el corazón.

—Cómo me alegro, Álex... —me dice cogiéndome la mano y apretándomela con cariño.

—Bueno, ¿y tú qué? Yo no era la única con una misión que cumplir hoy...

—Bieeeeen —reconoce alargando la palabra—. **He hablado con Adrián y con Chloé** y, bueno... Digamos que la razón de todo lo que ha hecho viene de lejos. Pero ya te contaré.

Hago un gran asentimiento con la cabeza, muy orgullosa de Julia.

—Sí, **creo que ya hemos tenido demasiadas emociones por hoy...** —digo.

—¿Demasiadas? Yo diría que hemos tenido una sobredosis de emociones.

Las dos nos echamos a reír contentas.

—No te preocupes, el karma nos devolverá con creces nuestras buenas acciones —le digo.

Julia frunce el ceño escéptica.

—**¿Karma?** ¿Ahora eres una gurú espiritual? ¡Tienes muchos golpes escondidos!

Las dos nos reímos mientras caminamos en dirección a mi habitación para que pueda quitarme el traje. Me meto las manos en los bolsillos de la chaqueta, me topo con la foto, la saco y se la enseño.

—**Mira lo que tengo. Me he pasado el día con ella en el bolsillo y ha sido un talismán.**

Julia la coge y se la queda mirando con cara risueña.

—Qué bien lo pasamos aquel día, se nos ve superfelices... —Entrecierra los ojos melancólica, como si viera por un agujerito la tarde en el pueblo, la tienda de segunda mano..., las risas y el cariño que compartimos y que estos días habíamos dejado atrás.

—**Podemos seguir siendo igual de felices ahora** —le recuerdo, segura de que es posible.

—¿Tú crees? —Su duda me pilla desprevenida.

—¡Claro! ¿Por qué no? —me sorprendo, mientras me pongo el uniforme.

Julia se sienta en la cama y se encoge de hombros.

—No lo sé... Porque ya no estamos en la misma habitación ni en las mismas clases, apenas nos vemos y todo lo que ha pasado...

—¡Anda ya!, pero ¿de verdad crees que nos hemos distanciado por no estar en la misma habitación?

—Ya sé que es una tontería, pero quizá...

Le cojo las manos y las retengo, cariñosa.

—¿Sabes lo que sí rompe la amistad? —le pregunto mirándola directamente a sus ojos verdes—. **Los secretos. Las mentiras. La falta de lealtad.** Eso sí son motivos para que dos amigas dejen de serlo, pero si algo he aprendido estos días es que no dejaré que eso vuelva a pasar entre nosotras nunca más. Al menos yo no.

Nos miramos conscientes de que en ese momento estamos sellando un pacto de sangre, aunque no haya sangre. Una delante de la otra, sin obstáculos, sin cortinas de humo... Las cosas como son, y como queremos que sean. Julia se toma unos pocos segundos para responder.

—**Yo tampoco volveré a hacer nada que ponga en peligro nuestra amistad. Nunca he tenido una amiga como tú,**

porque eres más que eso, eres mi hermana. ¡Estos días separada de ti han sido un infierno!

La envuelvo con un abrazo inmenso y la estrecho con fuerza, tanto que se queja de que la estoy dejando sin respiración y que por mi culpa la sangre no le llegará al cerebro y no podrá estar atenta a las dos horas de ética que le esperan ahora como parte de su castigo.

En el pasillo, cuando empieza a despedirse para no llegar tarde y que le amplíen el castigo, le pido un momento más.

—**Quédatela** —le digo poniéndole nuestra foto en las manos—. Para cuando te entre alguna duda, solo mírala y recuerda lo que hemos hablado hoy.

Julia sonríe y asiente mientras la guarda en la mochila de la taquilla.

—¿Tú no la quieres? —me pregunta.

—**¿Acaso crees que no vamos a hacernos más fotos juntas? ¡Pues que sepas que no te vas a librar de mí!** —le digo, guiñándole un ojo, segura de que vamos a vivir muchos más momentos como el que captó aquel fotomatón.

Julia sonríe tranquila y feliz... ¡Nadie diría que está a punto de meterse en una clase de castigo! Pero es que no le importa, porque ahora sabe que yo estaré esperándola cuando salga, y mañana también, y al día siguiente... **Porque las mejores amigas son eternas, como el cielo, o el espacio, o el mismísimo infinito. Para siempre. Siempre, para siempre.**

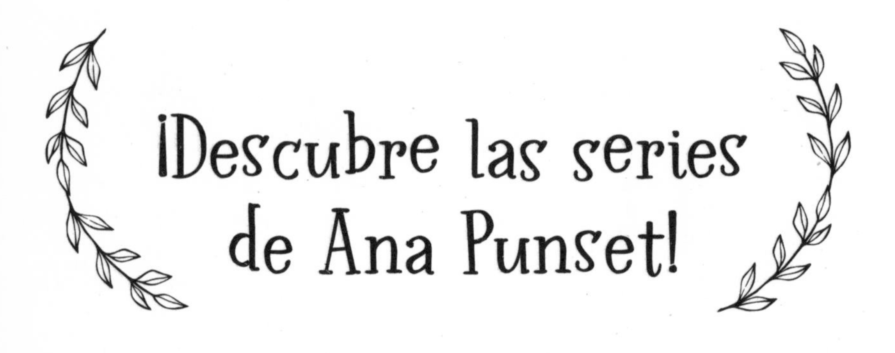
¡Descubre las series
de Ana Punset!

¡Vive las mejores aventuras con las mejores amigas!

¡Únete al club!

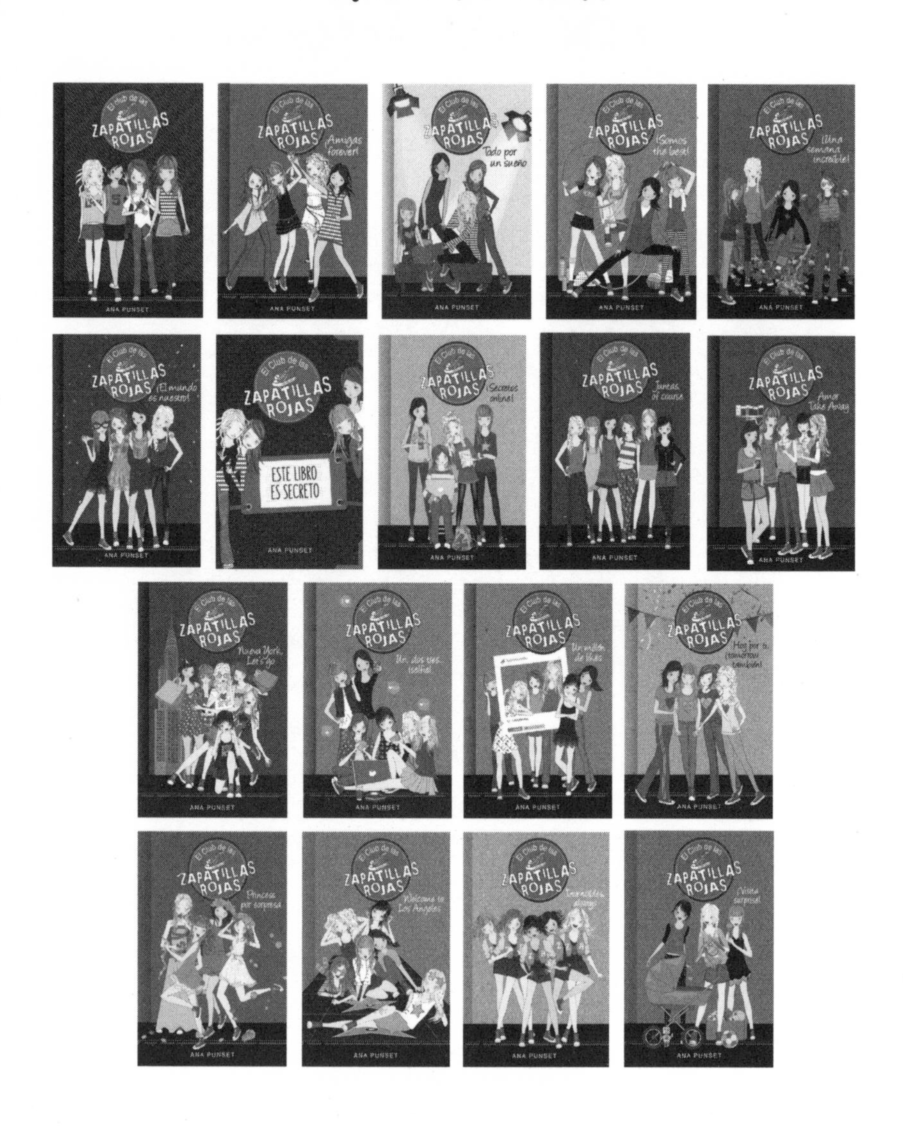

www.elclubdelaszapatillasrojas.es

¡VIVE TUS SUEÑOS EN NEW YORK ACADEMY!